愛のない契約結婚のはずが
イケメン御曹司の溺愛が止まりません

プロローグ　交渉という名のプロポーズ

冬は夜の訪れが早い。

クリスマスまであと一ヶ月というこの時期、定時で会社を出る頃には外は宵闇《よいやみ》に染まり、街路樹を彩《いろど》るイルミネーションがきらびやかな輝きを放っている。

「夏瀬《なつせ》社長は怒ってた？」

オフィス街にあるカフェの窓際の席に座り、外の景色を眺めていた夏瀬詩織《しおり》こと石川《いしかわ》詩織は声に反応して視線を前に戻した。

テーブルを挟んだ向かいのソファーに腰掛けるのは、上質なスーツを品良く着こなしている男性だ。

ジャケットの袖から覗くカフスや腕時計は一目で高級品とわかり、世界的シェアを持つミツハ自動車の御曹司である美月波《みつは》綾仁《あやと》に相応《ふさわ》しいものと言える。

しかし詩織はそんな肩書きを承知で、彼に胡乱《うろん》な眼差しを向けた。

スッキリとした輪郭に、高い鼻梁《びりょう》と切れ長の目。キリリとした眉は、ほどよく手入れされており、彼の精悍《せいかん》な顔立ちを印象づけるのに一役買っている。

艶《つや》のある黒髪をオールバックにした、目力の強い伊達男《だておとこ》。

わかりやすいイケメン御曹司である彼は、間違いなく女性にモテることだろう。事実、若い頃はかなりの浮名を流していたと聞いた。

つまり、「モテる男には近付かない」と心に誓っている詩織にとって、関わりたくないタイプの相手ということだ。

「私を連れ出したのが貴方と知って、かなり心配していたようです。帰るなり質問攻めにあいました」

若干の皮肉を込めた言葉に、彼が気を悪くする様子はない。

それどころか、さらなる質問を投げかけてくる。

「夏瀬社長に俺たちの関係について聞いてみた？」

色気のある綾仁の視線に咄嗟《とっさ》の防衛本能が働き、詩織は唇を引き結ぶ。

すると相手は、頬杖をついて優美に笑った。

明らかにこちらの反応を楽しんでいる様子なのが腹立たしい。

手にしていたカップをテーブルに戻した詩織は、観念したように言う。

「美月波さんは私の元許嫁《いいなずけ》で間違いありませんでした」

「だろ」

「父が私に貴方の存在を告げずにいたのは、数々の浮名を流している貴方は、私の夫に相応《ふさわ》しくないと思ったからだそうです」

そんな詩織の言葉に、綾仁は余裕綽々《よゆうしゃくしゃく》といった感じで返す。

「夏瀬社長は情報のアップデートを怠《おこた》っているようだな。それは過去の話だ」

そう言って彼は、コーヒーで唇を湿らせ癖のある笑みを浮かべる。

「最近の俺は、真面目に婚活中だ」

「その割に、女性にワインをかけられていましたよね」

先日、目《ま》の当たりにした光景を思い出して、つい半眼で睨《にら》んでしまう。

「それでも、君よりは真面目に婚活をしているよ」

「……まあ、確かに」

詩織の場合、結婚の意思が全くないにもかかわらず見合いを繰り返しているので、返す言葉がない。

「それで本題だが」

綾仁が少し前屈《かが》みになり笑みを深めるが、瞳の奥は笑っていない。よからぬことを企《くわだ》てていそうな表情に警戒心を強める中、綾仁は一つ咳払いをして口を開いた。

「夏瀬……いや今は石川詩織さんか。一つ提案なんだが、元許嫁《いいなずけ》のよしみで俺と結婚しないか？」

「はい？」

思いもしなかった提案に詩織は声を裏返して目を瞬《またた》かせる。

かなり突拍子もない発言だが、綾仁本人にその自覚はないのか、どこまでも強気な表情のままだ。

「君は家族の持ってくる縁談から解放されたい。俺は俺で、結婚しないといけない事情がある。お互いの利害関係は一致しているし、君にとっても悪い話ではないと思うが？」

「……っ」

こちらの事情をすっかり把握している相手の言葉に、返す言葉が出てこない。

詩織が反論しない隙に、彼はなおもたたみかける。

「社長令嬢のフリもそろそろ限界だろう？　俺と結婚すれば、そういう窮屈《きゅうくつ》な状況から解放されるぞ。結婚と言っても、俺は君に男女の関係を求める気はないし、別居でも構わない。もちろん君の仕事に口を出したりもしないいし、必要なら協力も惜しまない」

ずいっとこちらに顔を寄せ、詩織にとってこれ以上ない好条件を並べていく彼は、どこまでも強気な態度で最後に「どうだ？」と微笑む。

鼻持ちならない伊達男《だておとこ》の提案に乗るのは、正直面白くないけれど、詩織にも色々と事情がある。

どうするべきか返事に迷っていると、綾仁は背中をソファーに預けて言う。

「別に無理に受ける必要はない。元許嫁《いいなずけ》のよしみで提案したが、断るならそれもよし。俺は俺で見合いを続けるから、君は君で見合いを頑張ってくれ」

今の話は忘れてくれとでも言いたげに、手をヒラヒラさせる。

悔しいが、この場の主導権は彼にある。

元許嫁《いいなずけ》とはいえ、お互い相手に特別な思いがあるわけではない。詩織が返答を渋れば、相手にこの交渉を続けるつもりはないのだろう。

黙り込む詩織に、綾仁は右手を開いて視線の高さに持ち上げた。そして親指から順番にゆっくりと折っていく。そうしながら視線で『どうする？』と問いかけてきた。

きっとこれは、返事を待つカウントダウンだ。中指、薬指と順番に折られていく指に、詩織は無意識に自分の手に力を込めた。

綾仁は、そんな詩織の様子をじっと見つめながら最後の小指を折りにかかる。

彼の小指が半分ほど曲がったところで、詩織は声を絞り出した。

「美月波さんの提案をお受けします！」

その言葉に、目の前の伊達男《だておとこ》は匂い立つような美しい勝者の笑みを見せた。

「交渉成立だな」

なんとなく敗北感を味わいながら、詩織は先日の記憶を辿《たど》る。

1　石川詩織の憂鬱《ゆううつ》

十一月、様々な菓子の商品開発・受注生産を生業《なりわい》とするまほろフードのオフィスで、石川詩織は小さく肩を回し凝《こ》り固まった背中の筋肉をほぐす。

「石川さん、企画案できたの？」

詩織の動きを見てそう声をかけてきたのは、先輩社員の茂木仁美《もぎひとみ》だ。

長い髪を一つに束ねている彼女は、いつも姿勢がよく凜《りん》とした雰囲気がある。

詩織より五歳年上の彼女は、まほろフードの商品開発部の先輩で、これまでいくつもの人気商品の開発を手掛け、中には誰もが知るコンビニの定番スイーツもあるというベテランだ。

誰にも頼らず生きていける自立した女性を目指す詩織にとって、仁美はお手本にしたい尊敬する存在である。

そんな彼女の問いかけに、詩織は笑顔で頷く。

「はい。会心《かいしん》の仕上がりになったと思います」

詩織の言葉に仁美は嬉しそうに頷いてくれた。

まほろフードは、コンビニやレストラン、洋菓子店などの依頼を受けて企画の提案と商品開発をおこない、時にはその製造を直接請け負うこともある。

二人は今、とあるコンビニから依頼を受けたスイーツの企画をそれぞれ練っている最中だ。

「じゃあコンペを楽しみにしているね」

お互いに同じコンペに参加するので一応はライバル関係にある。けれど、誰の企画が採用されても、その後はチーム一丸となって商品をブラッシュアップしていくので、自然と部内の仲間意識は強くなっていた。

「よかったら今日、企画案の完成を祝って飲みに行かない？」

仁美からの誘いを嬉しく思いつつ、詩織は断りの言葉を口にする。

「すみません。今日は先約があって……」

「そう。残念。じゃあ、また今度誘わせてね」

気を悪くした様子もなく、仁美は仕事に意識を切り替えていく。

そのあっさりした性格を好ましく思いながら、詩織も自分の仕事を再開した。


その日の帰り、詩織は大学時代からの友人である高河絵麻《たかがわえま》と、双方の職場の中間地点にあるバルで落ち合った。

半地下になっているその店は、年代を感じさせる風合いの木材が使用されており、ロウソクを模したLEDライトの間接照明もあって、洒落て落ち着いた雰囲気がある。

「とりあえず乾杯」

絵麻は、声を弾ませて詩織の持つグラスに自分のグラスを当てた。

そしてそれぞれに、グラスのビールを口に運ぶ。

「やっぱり最初の一杯は、ビールに限るよね」

グラスのビールを半分ほど飲み、詩織がしみじみとした声で呟く。

社会に出て、洒落たお店でお酒を飲むようになっても、最初の一杯にビールを頼むのは学生の時と変わらない。

「夏瀬ケミカルの社長令嬢が、なに庶民くさいこと言ってるの」

「そのネタやめてよ」

ボックス席で向かい合って座る友人の言葉に、詩織は嫌そうに顔を顰《しか》めた。

絵麻はその表情を肴《さかな》にして、美味しそうにビールを飲んでいる。

「だって本当のことじゃない。同級生のいっちゃんが、ある日突然、大企業の社長令嬢になるなんてね……」

絵麻はやれやれと首を振る。

そんなふうに言われると、物語のような壮大なドラマがあるように聞こえるが、事実はなんてことはない。

詩織の母である石川洋子《ようこ》は一般家庭の育ちでありながら、世界的シェアを誇る夏瀬ケミカルの御曹司である父・夏瀬貴彦《たかひこ》に見初《みそ》められて、社長夫人となった。いわゆる玉の輿《こし》というヤツである。

物語ならそれでハッピーエンドだけど、生憎《あいにく》現実はシビアなもの。母は周囲との価値観の違いややっかみに疲れ果て、さらには嫁を認めない姑《しゅうとめ》との軋轢《あつれき》もあって精神的に追い詰められたあげく、父との離婚を選択した。

その際、幼い詩織は母に、年の離れた兄は父に引き取られた。以来、苗字を夏瀬から石川に改めた詩織は、母が夏瀬家との関わりを一切断っていたこともあり、至って庶民的な価値観で育ち大学までいった。

しかし詩織が大学二年生の秋、母が事故で急逝《きゅうせい》したことでその環境が一変した。

成人はしていてもまだ学生である詩織は、父の貴彦と兄の圭一《けいいち》の勢いに押し切られる形で夏瀬の家に戻ることになったのである。

そうして生家に戻って五年。苗字は母の姓である石川のままだが、立場としては夏瀬ケミカルの社長令嬢となっていた。

といっても、職場ではそのことを隠しているし、絵麻も昔と同じように詩織を『いっちゃん』と呼び、変わらぬ付き合いを続けてくれている。

「でもさぁ、いっちゃんのお父さんは、今まで苦労させた分、これからはできる限りの支援をしてくれるって言ってるんでしょ？　なんで働いてるの？」

半熟卵をのせたシーザーサラダを取り分けながら、絵麻が理解できないと言いたげな視線を向けてきた。

カプレーゼを食べながら、トマトが甘すぎてモッツァレラチーズが負けてしまっていると思っていた詩織は、それをビールで流し込んで答える。

「もちろん、自分で自分を養うためよ」

離婚後、母が夏瀬の家からの支援を一切拒否したため、石川家の経済事情はそれなりに厳しいものだった。

食べるのに困るほどではないが、趣味やお洒落を楽しむ余裕まではなく、たまに買ってもらえるコンビニスイーツが贅沢《ぜいたく》品という暮らし。詩織がバイトをするようになってからは状況も改善したので嘆《なげ》くほど不幸ではなかったけれど、節約と堅実な生活は骨身にしみている。

そんな環境で育った彼女は、生きていく上で、三つのことを心に刻んだのだ。

「私には、自分に課した三つの誓いがあるの」

「三つの誓い？」

尋ねながら、絵麻は詩織の前に取り分けたサラダの皿を置く。そのついでに飲み終えたビールに代わり、ワインを注文する。

一緒に注文するかと聞かれたので、詩織も同じものを頼んで話を戻す。

「そう。まずは『恋愛に自分の人生を左右させない』」

そう言って、詩織は指を一本立てる。

愛があればどんな障害でも乗り越えられると信じて一緒になった両親が離婚し、専業主婦として父に人生を委《ゆだ》ねていた母のその後の苦労を自分は誰より知っている。だから、恋愛なんて不確かなものに人生を預けたりしない。

「次に『一生責任を持って自分を養ってくれるのは自分だけ』。それを肝に銘じて、仕事に励《はげ》む」

二本目の指を立てた詩織は、一度言葉を止めてビールの残りを一気にあおる。

そして三本目の指を立てて言った。

「最後は、『モテる男には近付かない』よ」

「なにそれ。めちゃくちゃ冷めてる」

詩織の話に絵麻は声を出してケラケラ笑う。けれど、こちらは大真面目なのだ。

実の娘である自分が言うのは少々恥ずかしいが、父である貴彦は、五十歳を過ぎた今でもかなり整った容姿をしている。

若い頃は甘いマスクの心優しい御曹司ということで、かなりモテたそうだ。父がそこまで完璧な王子様でなければ、母は周囲から嫉妬という強い悪意を向けられることはなかっただろう。嫁姑《よめしゅうとめ》問題以外に、そういった悪意にも晒《さら》され、母はメンタルをやられてしまったのだ。

「そんなんだから、彼氏ができても長続きしないんだよ」

運ばれてきたワインを受け取りながら絵麻が言う。

学生時代からの付き合いの絵麻は、片手でも指が余る詩織の恋愛事情を承知している。

冷めていると言われる詩織にも、過去に何度か恋人がいた時期はある。だが、この性格が災いして長続きした試しはない。

「私としては、冷静に親の結婚を教訓にしているだけなんだけどね」

真面目な顔で返す詩織に、絵麻は「色々勿体《もったい》ない」と唸《うな》るが、大きなお世話である。

「いっちゃん美人だし、もうちょっと愛想を良くしたり、お洒落に気を配ったら絶対モテるのに」

「だから恋愛には興味ないいんだって」

詩織は唇を尖らせて、自分の髪に指をからませる。

背中の中ほどまで伸ばしている髪は生まれつき色素が薄く、父の癖毛を受け継いだのか緩やかにウエーブしている。

小さな顔に、ハッキリとした二重《ふたえ》の目と小ぶりな鼻、ふっくらした唇といった、母親譲りの顔立ちをしているので、人から『美人』や『可愛い』と言われることもあるけれど、詩織自身はお洒落にも恋愛にも興味がない。

それは学生時代からの付き合いである絵麻もわかっているはずだ。

「知ってるけどさー、でもお嬢様で結婚相手も選びたい放題なのに、勿体《もったい》ないよ。お見合いの話もいっぱい来てるんでしょ？」

「それで今困ってるの、知っているくせに」

詩織が軽く睨《にら》むと、絵麻はニシシと笑う。

長い付き合いなので、もちろん彼女の言葉は冗談だとわかっている。

今の詩織にとって一番の悩みが、その見合いなのだ。

十五年ほどの時を経て再び一緒に暮らすことになった父と兄は、これまで苦労させたからと、詩織を全力で甘やかそうとしてくる。

それだけならまだしも、母の分も娘に幸せな結婚をしてほしい……という謎の親心まで発揮してくるので厄介なのだ。

「確かに本人に結婚する気がないなら、相手がどんなイケメン御曹司でも、お見合いするだけ時間の無駄だよね。いっちゃん、社長夫人ってキャラじゃないし」

ワイングラスを手にピザを齧《かじ》る絵麻がしたり顔で頷く。

友人である彼女は、正しく詩織の性格を把握しているようだ。

「そうでしょ。今さら社長令嬢としてパーティーに出席するだけでも気詰まりなのに、その上お見合いだなんて……」

詩織は深くため息を吐く。

――そういえば、今週末もパーティーという名のお見合いの予定が入っていた。

嬉しそうに詩織を誘う父と兄を拒絶しきれず、いつも押し切られてしまう自分を恨めしく思い顔を顰《しか》める。

「最近、仕事の方はどうなの？」

詩織の表情から令嬢ネタでからかうのは潮時と思ったのか、絵麻がコロリと話題を変えた。

「実は、春のコンビニスイーツのコンペに、私も企画を出せることになったんだ」

話題が変わったことで、詩織も声を弾ませる。

今はまだ冬だが、依頼はゴールデンウィークに向けてのもの。

年を追うごとに暑さが増していく夏に向け、見た目にも涼しいデザートを考えた。ムラサキに近い青色をしたラムネ味のクラッシュゼリーを夜空に見立てて、カットしたフルーツを星のように浮かべるのはどうかと思ったのだ。

詩織が満面の笑みで仕事の話をすると、絵麻も自分の仕事についての話をする。

そうやって時間いっぱい料理とお喋《しゃべ》りを楽しんで店を出ると、強い風が吹きつけてきて二人で身震いした。

「電車で帰るの？　家まで送ろうか？」

コートの襟《えり》を立てて首をすくめる絵麻に聞くと、彼女は慌てた様子で首を横に振る。

「緊張するからやめとく」

そう言って、絵麻は次に会う約束をして駅の方へ歩いていった。

詩織がその背中を見送っていると、タイミングを見計らったように目の前に車が停まる。

突然の高級車の登場に、通行人の視線がこちらに集まってくるので恥ずかしい。

車から降りてきたスーツ姿の年配の男性が、後部座席のドアを開けて詩織に深く頭を下げる。

「お嬢様、お待たせいたしました」

運転手のその言葉に、周囲がざわついた。

その視線から逃げるように、詩織は小声でお礼を言って急いで車に乗り込んだ。

「ではご自宅まで送らせていただきます」

運転席に乗り込んだ男性は、詩織がシートベルトをしたのを確認して車を発進させる。

この送迎車はなにかと言えば、親バカな貴彦が自分の運転手を迎えによこしたのだ。

友達と飲みに行く時はもちろん、残業などで少しでも帰りが遅くなる時など、いつの間にか近くの駐車場に車を待機させている。

「送迎とかしていただかなくても大丈夫ですよ」

返事はわかりきっているが、申し訳なくてそう伝える。

案の定、運転手の男性は「お嬢様にもしものことがあれば、私が旦那様にしかられますから」と柔らかな口調で応《こた》えた。

「……」

言いたいことが喉まで上《のぼ》ってくるが、それを言ったところで愚痴にしかならないとわかっている。

バックミラー越しにこちらの表情を窺った男性が苦笑する。

「お嬢様からすれば窮屈《きゅうくつ》かもしれませんが、旦那様はきっと、お嬢様にどんなことでもしてさしあげたいんですよ。これも親孝行と思って、許してあげてください」

「わかってます」

詩織はため息をついて視線を戻す。

仲のいい友達からも『冷めている』と言われるし、自分でもその自覚はある。でも決して情がないというわけではない。

迷惑と思いつつも、自分を心配する父の気持ちを無下《むげ》にすることもできず、文句を言いながらも帰りが遅くなりそうな時は事前に連絡し、毎回周囲の視線にいたたまれない思いをしながら送迎を受け入れている。

「到着いたしました」

運転手からそう声をかけられて、詩織はハッと顔を上げた。

企画書を完成させるため、ここしばらく忙しくしていたので、いつの間にかウトウトしていたらしい。

気が付けば、車は屋敷の前に横付けされていた。

後部座席に回った運転手がドアを開けてくれる。

「ありがとうございます」

お礼を言って車を降りた詩織は、自分の家を仰ぎ見た。優美な装飾が施《ほどこ》されている洋風建築の夏瀬家は、周囲を堅牢な柵で守られ、古くからある高級住宅地の中でも一際存在感を放っている。

――五年経っても、ここが我が家とは思えないな。

そんな本音を呑み込んで、詩織は玄関のドアを開けた。

「ただいま戻りました」

声をかけると、詩織の帰りを待ち構えていたと言わんばかりの勢いで父の貴彦が両手を広げて出迎えてくれた。その後ろには、兄の圭一の姿もある。

「詩織、おかえり」

「友達との食事は楽しめた?」

「ええ、まあ」

その質問に詩織がぎこちなく頷くと、二人は嬉しそうに目を細める。

若い頃『経済界のプリンス』ともてはやされていたという父は、整った顔立ちはそのままに、今は加齢による渋さを増し、経営者としての風格を感じさせる。いわゆるイケオジというやつだ。

そしてそんな父の長所をそのまま引き継いだような兄が、今は『経済界のプリンス』と呼ばれているのだとか。

両親の離婚は詩織が五歳の時なので、おぼろげながらも、ここで暮らした記憶はある。だから、二人を赤の他人とまでは思わないけれど、未だに大企業の社長令嬢としてお屋敷と言っていいレベルの家で暮らしている自分には現実味がない。

そんな詩織の胸の内に気付くことなく、貴彦は娘を抱きしめてきた。

「なにか困ったことはないか？」

毎日帰って来る度に、熱烈な歓迎をしなくてもいいと思うのだが。しかし、毎回ツッコミを入れるのも大人げないので、最近は口にしないでいる。

「おかげさまで」

それでも日本人の適切な距離感で接してほしいと、父の胸を押して距離を取る。

そんな素っ気ない詩織の態度に貴彦が表情を曇らせた。

悲しげな表情を浮かべる父に、罪悪感が刺激される。

「ファンデーションがついちゃうから」

抱擁《ほうよう》を拒《こば》んだ理由をそう説明すると、貴彦は破顔する。

「そんなことは気にしなくていいんだよ」

娘に嫌われていないのなら、それでいい――貴彦の醸《かも》し出す雰囲気がそう語っている。

それは父の後ろに立つ兄の圭一も同じである。

「着替えてきます」

もともと表情が乏《とぼ》しい詩織は、精一杯の笑顔でそう答えて父と兄から離れる。

「週末のパーティーに着ていくドレスが届いているから、後で合わせてみよう」

「先に見せてもらったけど、シックなデザインで素敵だったよ。僕としては、詩織にはもっと可愛い感じのドレスも似合うと思うけど」

貴彦の言葉に、圭一の声が重なる。

すると貴彦が「次に注文するドレスは、圭一の意見を参考にしよう」と朗《ほが》らかに笑う。

「ドレス……そんなにいらないですよ」

控えめな詩織の言葉は、二人の笑い声に消されてしまう。

リビングに引き返していく父子の背中を見送った詩織は反論を諦めて、バッグやコートを家政婦に預け洗面所に足を向けた。

「はあ〜ぁぁっ」

洗面所で蛇口から流れる水と共に、詩織は深いため息を吐く。

手洗いとうがいを済ませ、目の前の鏡を見る。

「確かに顔の造りはお母さんとよく似ている」

詩織は鏡に映る自分の顔を確認しながら頬を撫でた。

母の洋子は、愛らしい女性的な顔立ちをしていた。

繊細なガラス細工《ざいく》のような儚《はかな》さがあって、それでいて感情豊かな人でもあった。嬉しい時は弾けるように笑い、悲しい時は幼い子供のように涙を流す。その屈託《くったく》のなさに、父は惹《ひ》かれたのだと言う。

二人の出会いは、父の会社近くのカフェで、そこで働く母に一目惚れした父は周囲の反対を押し切り身分違いの恋を成就させた。

育った環境の違いを気にする母に、父は『君のことは僕が生涯守り抜く』と誓ったそうだが、二人の結婚生活は十年ほどで破綻《はたん》した。

野に咲くからこそ美しい花を、無理やり絢爛豪華《けんらんごうか》なバラの咲き誇る温室に移植すれば、環境の違いで萎《しお》れてしまうのは当然のことだろう。

忙しい父を気遣い、自分に向けられる悪意に一人で対処しようと奮闘し続けた母だが、最後には『離婚後は夏瀬の人間とは一切関わりたくない』と宣言するほど、追い詰められた。

心から愛した女性の希望を尊重し離婚したものの、ロマンチストな父は、気持ちが落ち着けばまた母の方から連絡をくれると信じていたらしい。

しかしそんな『いつか』はついぞ訪れず、父は人生で唯一心から愛した女性を永遠に失ってしまったのだ。

その後悔もあって、母の面影《おもかげ》を残す娘の詩織を全力で溺愛してくる。

だが詩織からしてみれば、惜しみない愛情を注《そそ》ぎたがる父に、『ちょっと待て。私をよく見ろ』と、ツッコミを入れずにはいられない。

確かに顔立ちは母に似ている。だけど詩織は小柄な母とは違い女性としてはそこそこ身長があるし、学生時代は運動部に所属していたのでそれなりに鍛《きた》えてもいた。

性格に至っては、感情表現が豊かな母とは真逆で、淡々としたものである。

例えて言うなら、カレーと肉じゃが。基本的な材料は同じでも、使う調味料で全く異なる料理が出来上がっているようなものだ。

再び一緒に暮らすようになって五年、父は未だにそれに気付かない。

ついでに言うと、兄もだ。

どういうわけだか、母と真逆の詩織の淡々とした性格は、二人の目を通すと『親の離婚で苦労した強がり』に映るらしい。そのため、二人して母の分も詩織を幸せにしなくてはいけないという使命感に駆られている。

ハッキリ言って迷惑千万な話だ。

政治家だって選挙時に掲げたマニフェストの全てを実行できるわけじゃない。だから、結婚時の約束を果たせなかったことを、いつまでも気にするのはやめてほしい。まして兄に至っては、なんの責任もない話だ。

本当は、そう言って二人の手を撥《は》ねのけたいのだけれど、詩織は詩織で、母が亡くなった時、父や兄に連絡するということに思い至らなかった自分に負い目がある。

葬儀の後の行政手続きで兄の署名が必要となり、十五年ぶりに兄に連絡した。

感情豊かな母の性格を受け継いだらしい兄は、その日のうちに父と共に駆けつけ、二人して母の遺影の前で号泣した。そんな姿を見て、さすがに罪悪感を覚えたのだ。

その後、当時まだ学生だった詩織に、夏瀬の家に戻ってほしいという二人の懇願を断れなくて今に至る。

さらに厄介なのは、父と兄がことあるごとに詩織をパーティーなどに連れ出し娘自慢をするものだから、『自慢の娘さんを、ぜひ我が家の嫁に』などと言い出す輩《やから》が出てきたことだ。

親バカ街道まっしぐらの貴彦が、妻を守り切ることができなかった代わりに『娘には幸せな結婚をしてほしい』と思うのにそれほど時間はかからなかった。

世代交代し大企業の経営者として絶大な力を得た父は、今の自分なら娘に最高の結婚相手を見つけてやれると信じているふしがある。

最近は兄とタッグを組んで、これはという男性を見つけては、詩織に見合いを勧めてくるようになった。

もちろん『無理して結婚する必要はない』『結婚が嫌なら、一生この家で暮らしてもいい』と言ってくれているが、裏を返せば、結婚しない限りこの家からは出られないということだ。

詩織は、他人に人生を左右されるなんてごめんだし、誰かに養ってもらいたいとも思っていない。ましてや夏瀬の家とお近付きになりたくて言い寄ってくる相手など問題外だ。

しかし、父と兄にはそれが伝わらない。

そして詩織も、二人の行動が自分を思ってのことだとわかるだけに強く言えず、ひたすらストレスを溜めている。

「はあ〜ぁぁっ」

詩織は再度深いため息を吐いた。

2　元許嫁《いいなずけ》の距離感

土曜日の午後。詩織は日本庭園が美しいことで知られる老舗《しにせ》ホテルにいた。

夕方からこのホテルで開かれるパーティーに、父と兄と出席することになっている。せっかくなので、一足先にホテルを訪れ、ずっと気になっていたここのレストランのスイーツを楽しんだ後に、二人と合流することにした。

パーティーに出席するため、髪を緩く結い上げ、裾《すそ》がアシンメトリーになっているロング丈《たけ》の黒いドレスに身を包んでいる。

そのままではレストランでは悪目立ちしてしまいそうなので、上にカジュアルなジャケットを羽織っていた。

「お待たせいたしました」

庭の眺めを楽しめる窓際の席に座る詩織のテーブルに、フロアスタッフが一枚の皿を置く。

白い皿の上には、三種類のムースやソルベが並び、その周りに小さくカットされたブラウニーとベリーが散らされている。

事前に調べたネット情報によれば、これに温かなチョコレートソースをかけ、それぞれの食感と温度の変化を楽しむそうだ。

温度差を楽しむスイーツはテイクアウトできないのが難点だけれど、その分店舗で食べる時の特別感が増す。

ワクワクした思いで給仕を待っていると、ウエイターがチョコレートソースの入った小さなミルクポットをテーブルに置いた。

「こちら……」

ミルクポットに手を添え、ウエイターが説明を始めようとした時、ガシャンッと食器がぶつかる大きな音が響いた。

驚いて音のした方へ視線を向けると、隣の席で食事をしていたカップルの女性が、テーブルに手を突いて立ち上がっている。

「もういいです！」

ヒステリックな女性の声に驚き、ウエイターの動きが止まる。

見るからに育ちの良さそうな雰囲気の女性が睨《にら》む先には、スーツを着た男性が座っていた。

「最初から私のこと、愛してくれる気なんてないんでしょ」

ヒステリックな尖った声に、男性の視線が一瞬泳ぐ。

取り繕《つくろ》う言葉を探そうとして、見つからなかったのだろう。優しく、それでいて困ったように笑う。

言葉がなくても返事はそれで十分だったようだ。

女性は目の前のワイングラスに手を伸ばし、それを男性に浴びせかけた。

詩織が心の中で「あっ！」と声を漏らした時には、男性のシャツには深紅のシミが広がり、髪からもワインの雫《しずく》を滴《したた》らせていた。

突然の修羅場に驚いたウエイターが、詩織のテーブルにミルクポットを倒す。

「も、申し訳ありませんっ！」

慌てた声を上げるウエイターを突き飛ばすようにして、女性がその場を去っていった。

ワインをかけられた男性に、その背中を追いかける気配はない。

——まあ、あの状態じゃ追いかけられないか。

「申し訳ありませんでした」

素早く手元のナプキンでチョコレートソースの広がりを押さえたウエイターが「すぐに新しいお席の用意をさせていただきます」と、その場を離れていくのと入れ替わるように、スーツ姿の男性スタッフがタオルを手に隣のテーブルに駆け寄る。

「ミツハ様、大丈夫でしょうか」

慌てた様子でそう声をかけ、スーツ姿のスタッフが隣の席の男性にタオルを手渡す。

——ミツハ……

すぐには脳内で漢字変換できない名前に、つい反応してしまう。

気のせいかもしれないけど、その名前に聞き覚えがあるような。

そんなことを考えながら隣の席へ視線を向けると、男性と視線が重なった。

なかなかに整った容姿をしている男性の顔からは、隠しきれない我《が》の強さを感じる。

——浮気がバレての修羅場？

男性の造形の良さに、思わずそんな憶測をしてしまう。

なんとなく『伊達男《だておとこ》』という言葉が似合いそうな男性は、詩織と目が合った瞬間、少し驚いた顔をして、すぐにフッと表情を和《やわ》らげる。

親しみを感じさせる相手の表情に、詩織は内心で首をかしげた。

——知り合い……じゃないよね？

父や兄に付き合って華やかな場所に出席することが増えたが、これほどの存在感の男性なら会ったことがあれば記憶に残っているはず。

記憶を辿《たど》りそう判断する。

そもそもイケメンと関わってもろくなことにはならない。母を通してそう学習した詩織にとって、男性は自分から関わりを持ちたいと思うタイプではなかった。

さっきの人好きのする笑顔は、伊達男《だておとこ》にとっては初対面の挨拶《あいさつ》のようなものだろう。

そんなもの自分には不要と、男から視線を逸らして庭を眺めていると、すぐに先ほどのウエイターが戻ってきて、席の移動を促《うなが》してくる。

詩織の座っている席のテーブルクロスはチョコレートソースで汚れているし、その隣はもっと散々なことになっていた。とても、ゆっくりスイーツを楽しめるような雰囲気ではない。

詩織が移動しようと立ち上がった時、男性と再び目が合ったので社交辞令として会釈《えしゃく》をする。

その際、男性の口が「後でね」と動いたように見えたのはきっと気のせいだろう。

ハプニングはあったものの、しっかりホテルのスイーツを堪能してから、ジャケットをクロークに預けて父と兄に合流した詩織は、顔を見るなり涙ぐむ父の姿に若干引いてしまった。

その理由を聞けば、「洋子の若い頃を思い出して」とのことだ。

詩織がどう反応するべきかと悩んでいると、兄の圭一が「そうかな？」と口を挟んだので、おやっと思った。

「僕はバイオリンの発表会の時に詩織が着ていた黒のドレスを思い出すけどな」

一瞬、親バカな父をいさめてくれるのかと期待したけど、違ったようだ。

ガックリする詩織に気付くことなく、貴彦は大きく頷いて賛同する。

「確かに、あの時も黒いドレスを着ていたな。黒いドレスを着たのは四歳の時の発表会だったかな」

——子供の私、バイオリンなんてやってたの？

全く記憶に残っていないということは、すぐにやめたのだろう。

なのにちゃっかり発表会には出ていたらしい。

しかも父が口にする幼い自分が着用したドレスは、なかなかにハイブランドだ。

子供のくせに生意気な……と、過去の自分に悪態をつく。

男性陣はと言えば、歩きながら詩織の思い出話で盛り上がっている。

二人が語る幼い日の詩織は、愛らしく可憐な甘えっ子で、どう考えてもかなりの記憶補正がかかっているとしか思えない。でもそう指摘したところで『詩織は小さかったから覚えていないだろうけど……』で片付けられるのが目に見えている。

実際に記憶が曖昧《あいまい》なので、そう言われると反論できない。

それに恥ずかしいから絶対に口にはしないけど、おぼろげな記憶に残る幼い自分は、確かに優しい父と兄が大好きだったのだ。

「そういえば、スイーツは楽しめたの？」

エレベーターに乗り込むタイミングで、兄が話題を変えてくれた。

そのことにホッとして、詩織は機嫌良く答える。

「すごく美味しかった。窓から見える景色も最高で……」

スイーツの感想を語りながら、心の中で『面白くないこともあったけど』と、付け足す。

テーブルを移動してスイーツを楽しんだ詩織が会計をしようとしたら、迷惑をかけたお詫びにと隣の席にいた男性が支払いを済ませていったと聞かされた。

人間関係は何事もギブアンドテイクであるべきだと考える詩織は、見も知らない男性から一方的に奢《おご》られてなんだかスッキリしない。

といっても、もう会うことのない相手だろうから、早めに忘れることにする。

高層階でエレベーターを降りた三人は、貴彦を先頭にそのままパーティー会場へ足を向けた。

受付に控えている人たちは、夏瀬ケミカルの社長である父と専務の兄の姿に気付くなり深く頭を下げて、丁寧な挨拶《あいさつ》をしてくる。

わざわざ挨拶《あいさつ》をするために、会場から出てくる者までいるくらいだ。

そういった人たちを前にすると、途端に貴彦と圭一の表情が変わる。

ビジネスモードに切り替えた時の二人は、表情や纏《まと》う空気にも風格を感じさせて素直にカッコいいと思う。

——お母さん、お父さんのこういう表情に惹《ひ》かれたのかな？

二人から少し距離を取ってそんなことを考えていると、出迎えたうちの一人が、詩織へと視線を向けた。

「今日はお嬢様もご一緒ですか」

聞かれた貴彦の表情が、一気に緩んだ。

「そうなんですよ。亡くなった妻によく似た美人で……」

——誰もそんなことは聞いていない。

兄以外、この場にいる誰もがそう思っているはずだ。

しかし父は経済界の重鎮。この場に、貴彦の親バカぶりを止められる者はいない。

周囲の人たちは、そのまま貴彦に話を合わせて、詩織のことを褒《ほ》めてくるのでいたたまれないことこの上ない。

この場から逃げ出したい気持ちで視線をさまよわせていた詩織は、ふと受付のテーブルに広げられた名簿に目を留めて「あれ？」と首をかしげた。

『ミツハ自動車・専務　美月波綾仁様』

自分の家族の名前から数行離れた場所にあるその名前に、先ほどの伊達男《だておとこ》の顔が浮かぶ。

レストランのスタッフが彼のことを『ミツハ様』と呼んだ時、どこかで聞いたことのある名前だと思ったのは、日本を代表する自動車メーカーの企業名と同じだったからだ。

詩織は車の免許を持っていないので、あの時はピンとこなかったけど、国際レースに参戦するレーシングチームのスポンサーも務めるミツハ自動車のことは知識として知っていた。

――もちろん、発音が同じ赤の他人かもしれないけど。

女性を怒らせてワインをかけられるような伊達男《だておとこ》が、まさか大企業の専務ということはないだろう。

「あれ、ミツハさんは綾仁君が出席するんだね」

詩織の視線に気付いた圭一が、珍しいとでも言いたげな口調で呟く。

「ええ。まだお見えになっておりませんが……」

そう言いながら、受付のスタッフが目の動きで他のスタッフにも確認しているが、間違いないようだ。

そこでなんとなく周囲との挨拶《あいさつ》にきりがつき、詩織たちはパーティー会場へ足を向けた。

「お兄さまは、ミツハ自動車の綾仁さんとは知り合いなの？」

詩織の質問に、圭一は少し驚いた顔で言う。

「綾仁君はミツハ自動車創業家の息子さんで、詩織も昔会ったことがあるけど覚えてない？」

それはもちろん、両親が離婚する前の話だろう。

「全然」

首を横に振る詩織に、圭一がなにか言いたげな顔をした。

「美月波家の一人息子で、なんていうか彼は……」

歯切れ悪く兄が口を開こうとした時、どこからか声をかけられた。

「夏瀬さん」

声をした方を見ると、少し年配の男性が立っている。

「やあ、松本《まつもと》さん」

貴彦が親しげな声で名前を呼ぶと、相手の男性が深く頭を下げる。そんな彼の後ろに立つ、自分と同世代と思われる男性の姿に詩織は周囲に気付かれないよう嘆息した。

そのまま自然なふうを装《よそお》って紹介された男性は、夏瀬ケミカルの関連企業の役員の息子で、本人は大手医薬品メーカーでＭＲをしているとのことだ。

仕立てのいいスーツを着て優しく微笑む男性に対する詩織の印象は、『育ちがいいんだろうな』の一言に尽きる。

圭一が会話を誘導する形で、男性の人柄の良さや彼が次男で親と同居する必要がないこと、女性の社会進出に理解があることなどをさりげなくアピールしてくる。

——毎回毎回、理想のＹｅｓマンみたいな見合い相手をどうやって見つけてくるのだか……

兄の話を聞き流しながら、部下に迷惑をかけていないことを祈るばかりである。

その後も、父や兄と顔を繋ごうとして詩織に話しかけてくる者や、本気で夏瀬家と姻戚関係を結ぼうと詩織に取り入ってこようとする者が後を絶たない。

そういった人たちとの会話に疲れた詩織は、一人で会場を抜け出しラウンジのソファーに腰を下ろした。

すでに日は沈み、窓からは美しい夜景を楽しむことができる。

見るともなしにそれを眺めていた詩織は、自分の隣に人が立つ気配を感じて顔を上げた。

「死ぬほどやる気のない顔で見合いをしているな」

目が合うなりそんなことを言ってくるのは、昼間の伊達男《だておとこ》だ。

着替えてきたのか、先ほどとは違うスーツを着ている。

「あっ」

思わず声を漏らした詩織だが、すぐに眉根を寄せた。

「見合いじゃありません」

花婿候補の紹介のようなものはあったが、あくまで詩織は父と兄に付き合ってパーティーに参加しているだけで、見合いをしているつもりはない。

「今日は……な」

この男が自分のなにを知っているのだ。そんな思いで不機嫌な眼差しを向けると、こちらの考えていることが伝わったように相手が言う。

「先月、赤い友禅の着物を着て見合いをしていただろ？　あの日、俺も同じ場所で見合いをしていたんだよ」

「なるほど」

色々と思い当たった詩織は頷く。

「ちっとも話の合わない見合い相手と庭を散策していたら、俺以上にやる気のない顔で見合いしてるヤツがいて笑えた。……ちなみにその時の見合い相手は、先ほど怒らせて破談となった」

「ああ……」

先ほどの修羅場は、そういうことだったらしい。

すると相手は、断りもなく隣に腰を下ろしてきた。

詩織が座っているのは背もたれのない座高の低いソファーのため、長身の彼は長い脚を持て余すように股を広げ、膝に肘をつく。

そんな座り方をしてもだらしなく見えないのは、男の背筋がシャンとしているからだろう。

「夏瀬の家に離れて暮らしていた娘が戻ってきて、当主と後継者が大喜びしているとか、娘のために最高の花婿を探しているとかって話が、今財界人の間で話題になっている。噂話に興味のない俺の耳にも入るほどにな」

そう言って男性は、形のよい己《おのれ》の耳たぶを引っ張ってみせる。

「次から次へ見合い話がくるのは、その噂のせい……？」

思わず頬を引きつらせる詩織に、男性が「気の毒に」と言って柔らかく目尻に皺《しわ》を刻む。

詩織が最も関わりたくないタイプのイケメンに、色気を感じさせる掠れた声で同情されて警戒心が湧く。

「親の都合に振り回されて、君も苦労するな」

警戒する詩織に気付くことなく、彼は親しげな口調で話して軽く肩をすくめる。

相手の顔が整いすぎているだけに、その何気ない仕草も、こちらに付け入ろうとしている遊び人の手口にしか見えない。

「助ける気もないのに気軽に関わってくるのは、やめてもらえますか」

たいして知りもしない相手から、上《うわ》っ面《つら》の同情を向けられて感情が動くほど自分は柔《やわ》じゃない。

「なるほど。それは失礼した」

相手に隙を与えないようツンとした口調で返す詩織の態度に、男性が面白そうな顔をする。

大人の余裕を感じさせるその態度もまた癇《かん》に障《さわ》る。詩織は勢いよく立ち上がると、そのまま会場に引き返すことにした。

「おい、ちょっと待てよ」

背後で彼がなにか言っているけど、それを無視する。

少し冷静になったところで、昼間のスイーツの支払いについて思い出したが、引き返す気にはなれない。

結局、さっきと同様に、彼の存在共々忘れてしまうことにした。

パーティー会場に戻った詩織は、とりあえず兄たちの姿を探した。ちょうど二人とも、それぞれに真剣な表情で仕事関係と思われる相手と話し込んでいる。

大企業の重責を担《にな》う彼らは、詩織の花婿探しのためだけにパーティーに参加しているわけじゃない。この場を利用して、情報交換や人脈を広げているのだろう。

下手にうろついて二人の邪魔をしたくないので、さっきの男が立ち去っていたらもう少しラウンジで休憩していよう。

そう考えて再び会場を出ると、後ろから誰かに肩を叩かれた。

振り返ると、見覚えのない男性がこちらに笑顔を向けている。

――誰？

詩織が口を開くより先に、相手はにこやかに自己紹介をして、ぐいぐい距離を詰めてこようとする。

「実は前々から夏瀬さんのお嬢さんと話をしてみたくてね……」

酔っているのか、かなりのナルシストなのか、どこか芝居がかった振る舞いで話す男性は、見るからに自信がありそうだった。

確かに整った顔立ちをしているし、大手企業のご子息らしいので女性ウケはいいのだろう。けれどそれは、詩織が関わりたくないタイプということになる。

「……俺の話聞いてる？」

アルコール臭い息で一方的に機嫌良く話していた男性だが、反応の鈍い詩織に声の調子を変える。

「いえ」

無意識に話を聞き流していた詩織は、その変化に気付かず思わず正直に答えてしまう。

言ってから、『しまった』と思ったけれど、時すでに遅し。

咄嗟《とっさ》に口を押さえた詩織を見る男性の顔が、みるみる険しくなっていく。

これまでの経験から、裕福な家庭で挫折《ざせつ》を知らずに大事に育てられた者には、自尊心の高い人が多い。この男性もその例に漏れずそういうタイプだったようだ。

自信満々に話しかけただけに、相手にされず盛大にプライドが傷付いたようだった。

「それでは失礼しま……っ」

危機感を覚えた詩織は、会釈《えしゃく》をしてこの場を立ち去ろうとした。

しかし、男性に手首を掴まれ、遠慮のない力で引き戻される。

「夏瀬のご令嬢だからって調子に乗るなよな。安い育ちのくせに」

吐き捨てるように言われた言葉に、頭の芯が冷える。

別に調子に乗った覚えはないし、自分の育ちを初対面のこの男に貶《おとし》められる筋合いもない。

「私も安い育ちの人間は嫌いです」

そう言って詩織はニッコリと微笑む。

そして自分の手首を掴む手と相手の顔を見比べて、言葉を続けた。

「いい年をして、自分の思いどおりにならないからと女性を力でねじ伏せようとする……」

安い育ちなのは、どちらでしょうか？　と、視線で問いかける。

普段の詩織は、こういう場で貴彦や圭一の体面を傷付けないよう、振る舞いには気を付けている。

だけど、母と二人で慎《つつ》ましくも懸命に生きてきた日々を『安い育ち』と吐き捨てたこの男にまで、愛想良くする必要はない。

詩織は無言で相手を睨《にら》む。

「なんだよっ！　親の権力を笠に着て偉そうにッ。夏瀬の娘だから声をかけてやってるのが、わかんないのかよ」

激高《げっこう》した男の声に、つくづく嫌気がさす。

別に詩織は声をかけてほしいなんて頼んでない。貴彦や圭一に取り入るために勝手に擦り寄ってきておいて、こちらが思うような反応を返さなければ怒り出すのだから迷惑極まりない。

どうやってこの場を去ろうかと考えていると、背後から伸びてきた手が詩織を引き留めている男の手を掴んだ。

「痛ッ」

小さく呻《うめ》き、男が掴んでいた手を離す。

強く握られていたせいで鈍く痛む手首をもう一方の手で押さえ、後ろを振り返った詩織は、そこにさっきの伊達男《だておとこ》が立っていて驚いた。

「あ……っ」

思わず声を漏らす詩織を背に庇《かば》うようにして、伊達男《だておとこ》が男の手首を掴んだまま言う。

「夏瀬ケミカルのご令嬢相手に、なかなか怖い物知らずだな」

明らかなからかいを含んだ声で『ご令嬢』という言葉を使う伊達男《だておとこ》は、意地の悪い笑みを浮かべて男を脅《おど》す。

「夏瀬社長とお近付きになりたいなら、俺が『娘さんにからんでた酔っ払いです』って、紹介してやろうか？」

その言葉で、男の顔から一気に血の気が引く。

「いや……それは……」

縮み上がってしどろもどろになる相手に、伊達男《だておとこ》は「遠慮するなよ」と、迫る。

「なんのつもりですか？」

思わず素で突っ込む詩織に、伊達男《だておとこ》は軽く肩をすくめた。

「助ける気があれば、関わってもいいんだろ？」

掴んでいた男の手を離した伊達男《だておとこ》は、相手の肩を軽く押す。たいして強く押したようには見えなかったのに、男は体をふらつかせその場に尻もちをついた。

「お、お前、誰だよっ！　関係ないなら、首を突っ込んでくるなよ」

あまりに情けない姿を見せたのが恥ずかしかったのか、尻もちをついた姿勢のまま男が騒いだ。

「俺か……？」

そう呟いた伊達男《だておとこ》は、意味深な視線を詩織に向けてくる。

なんとなく嫌な予感がして伊達男《だておとこ》から距離を取ろうとしたけれど、それより早く相手が詩織の肩を抱き寄せてとんでもないことを口にした。

「俺は彼女の元許嫁《いいなずけ》だ」

「「えっ！」」

詩織と尻もちをつく男の声が重なる。

伊達男《だておとこ》は楽しそうに、戸惑う詩織の顔を覗き込みニヤリと笑った。

「ということで、元許嫁《いいなずけ》同士、久しぶりに少し話そうか」

そう言って肩に回した腕に力を入れ、体の向きを変えさせる。

「ちょっ、ちょっと……」

焦る詩織に構うことなく、伊達男《だておとこ》は肩を抱いたまま歩き出す。それには有無《うむ》を言わせぬ勢いがあり、詩織の足がつられて動く。

「お、おいっ」

取り残された男が、慌てて声を上げる。

そんな相手を振り返り、伊達男《だておとこ》が言う。

「夏瀬社長に、娘さんは美月波綾仁とドライブに行った。ちゃんと家に送り届けるから心配ないと伝言してくれ」

「美月波……」

自分が誰を相手にしていたのか理解した男の頬が痙攣《けいれん》する。

どうやら勝てない相手らしい。

相手の表情に満足したのか、伊達男《だておとこ》こと美月波綾仁は切れ長の目を細めて笑う。

「いい子でお使いができたら、さっきのことは言いつけずにおいてやるよ」

その言葉にコクコク頷く男を残し、美月波綾仁は詩織の肩を抱いて会場を後にした。

「一応どうぞ」

エレベーターに乗り込んだ綾仁は、スーツの内ポケットから出した名刺を詩織に差し出す。

そこには、ミツハ自動車専務・美月波綾仁と印刷されている。念のためにと見せられた免許証も、彼が美月波綾仁であることを証明していた。

ついでに年齢を確認すると、三十一歳だった。二十五歳の詩織より、六歳年上ということになる。

ちなみに兄の圭一は、彼の一つ年上の三十二歳だ。

「貴方が何者なのかはわかりました」

自信に満ちた振る舞いを見ていれば、彼が嘘をついていないことはわかる。

「それで、さっきのはどういうことですか？」

免許証を返しながら詩織は警戒するように相手を見た。

「さっきの？」

返された免許証を財布に戻した綾仁は涼しい顔でとぼけてみせるが、わからないはずがない。

「貴方が私の元許嫁《いいなずけ》って話です」

その真偽を知りたかったから、おとなしくついてきたのだ。

兄も子供の頃に彼と会ったことがあると話していたけど、許嫁《いいなずけ》とは言ってなかった。

そもそも、自分に許嫁《いいなずけ》がいたなんて初耳だ。

「ああ、そのことか」

綾仁が楽しげに目を細めた時、エレベーターが一階に到着した。

ドアの上にある階数表示を一瞬見上げた綾仁は、軽く顎《あご》を動かして詩織を誘う。

「説明するには時間がかかる。知りたければついてくるといい」

綾仁はポケットから取り出した車のキーを指に引っ掛けて揺らす。

「心配しなくても、夏瀬ケミカルのご令嬢を襲うほど怖い物知らずじゃないよ。それでも俺が怖いなら、パパのところに帰るといい」

そう挑発してくる彼は、意識しているのかいないのか、どこまでもキザな空気を纏《まと》っている。

間違いなく関わりたくないタイプだけれど、そうまで言われるとさすがに反発心が湧く。

「わかりました。クロークに寄ってください」

そう答えて、詩織はエレベーターを降りた。

◇◇◇

「とりあえずこれをお返しします」

「ん?」

運転席に乗り込むなり助手席に座る詩織にお金を差し出された綾仁は、意味がわからずまじまじと相手を見た。

「貴方が支払っていった私のスイーツ代です」

そう言われても、本気でなにを言われているのかわからない。

反応の悪い綾仁に焦《じ》れた詩織が、「昼間のレストランです」と言ったことで、ようやく理解する。

「ああ、あれか。不愉快な思いをさせたお詫びだから気にしないでくれ」

「確認もなく勝手に支払いをされる方が不愉快です」

ピシャリと言い返されて面食らう。

元許嫁《いいなずけ》と言っても、夏瀬ケミカルの社長令嬢である夏瀬詩織もとい石川詩織とは、子供の頃に数回会っただけだ。だから綾仁は、今の彼女がどんな性格をしているのかは知らなかった。

大人になった彼女は、自分の価値観を大事にして、かなりハッキリものを言う性格のようだ。

このところ依存心の強い女性との見合いが続いてうんざりしていた綾仁にとって、それはひどく新鮮に思えた。

「なるほど。だが俺は、一度払った金を財布に戻す気はない。納得いかないなら、偶然再会した元許嫁《いいなずけ》にお茶を奢《おご》ってもらったとでも思ってくれ」

「でも……」

「年上の男に強引に金を返すのは、君の価値観の押しつけになるんじゃないのか？」

彼女がなにか言う前にそう牽制《けんせい》すると、難しい顔で下唇を噛む。

一方的に奢《おご》られるのは不快だが、相手を不快にしてまで自分の価値観を押し通すほど傲慢《ごうまん》な性格でもないようだ。

「ならこうしないか？　今から話をすることだし、その金で俺にコーヒーを奢《おご》ってくれ」

綾仁の提案に詩織は渋々といった感じで頷く。

これ以上ここで押し問答していても時間の無駄と判断したのだろう。

「では、交渉成立ということで」

綾仁はそう言って車を発進させた。


快適に車を走らせる綾仁は、テンポよく人差し指の腹でハンドルを叩く。

それは機嫌がいい時の彼の癖だった。

偶然再会した元許嫁《いいなずけ》は、予想外になかなか面白い性格をしていた。

途中、ドライブスルーでコーヒーを買い、車を走らせながら綾仁は彼女に自分たちの関係を説明した。

「つまり、私の祖父と美月波さんのおじいさまの仲が良く、軽い口約束として私と貴方が一応の許嫁《いいなずけ》になったと」

説明を聞き終えた詩織は『一応』の部分をことさら強調して確認してくる。

その態度に、綾仁は笑いを噛み殺して頷く。

「そういうこと。政略的な意図があったわけじゃなく、仲良しなじいさん同士が勝手に盛り上がって『お互い大人になった時、その気があれば結婚したらいいんじゃないか』程度の軽いノリの許嫁《いいなずけ》関係だ」

夏瀬ケミカルもミツハ自動車も安定した経営基盤を維持しており、会社の運営を子供の政略結婚に頼る必要はない。

祖父同士がそんなことを言い出した時、もともと付き合いのあった家同士姻戚関係を結ぶのも悪くないと、双方の親も承諾したのだとか。

もちろん最終的な判断は、両家共に子供の自由意志に任せるつもりでいたそうだ。

昔から娘を溺愛していた貴彦は、当時まだ離乳食を食べていた娘に『詩織は将来モテて困るだろうから、許嫁《いいなずけ》がいた方が男除けになって安心だ』とのたまっていたらしい。

そのことを話すと、詩織はげんなりした顔をする。

「そんなこんなで、一応、許嫁《いいなずけ》として何回か君とも顔を合わせたことがある」

といっても当時小学生だった綾仁は、まだ言葉もたどたどしい許嫁《いいなずけ》にどう接していいかわからず、彼女の兄とばかり遊んでいた。

周りの大人もそれを咎《とが》めることはなく、この年の子供なんてそんなものといった様子で自分たちを見守っていた。

「全然記憶にないです」

紙コップのコーヒーを一口飲んで詩織が唸《うな》る。

当時の彼女は五歳くらいなので、覚えていないのも当然だろう。

「その後、君の両親が離婚して、両家の祖父も他界したことで、この話は自然消滅した」

綾仁の説明に、詩織は「なるほど」と頷く。

「もちろん関係を解消した後も、両家の間にわだかまりはない。うちの両親はそれなりに君のことを気にかけていたから、再び夏瀬の家に戻ったことや、夏瀬社長が君の婿選びに力を入れているのも承知している」

「私は父や兄から、許嫁《いいなずけ》がいたなんて話は聞いてません」

これだけ見合いをさせられているのに、家柄的に釣り合う元許嫁《いいなずけ》の綾仁が候補に挙がっていないことを不思議に思ったらしい。

「まあそれは、俺の不徳のいたすところってヤツだな。夏瀬社長は、娘婿に誠実で真面目な男性を望んでいるらしいから」

それで説明は十分だったのだろう。詩織が冷ややかな眼差しをこちらへと向けてくる。

なんにせよ、彼女と許嫁《いいなずけ》の関係にあったのは遠い昔の話だ。

現在の綾仁は、これといった相手もおらず、結婚相手を探す日々。

だがいざ見合いをしてみても心惹かれる相手には巡《めぐ》り会えずにいた。そんなある日、依存心が強そうな見合い相手と過ごす時間を苦痛に思いながら庭を散策していたら、自分以上にやる気のない顔で同じように庭を歩く彼女の姿が目に留まったのだ。

その日の見合い相手に全く興味が持てずにいた綾仁は、上には上がいるものだという気分だった。

それでなんとなく、その姿を目で追いかけていると、ほどなくして彼女が夏瀬ケミカル社長の貴彦と合流した。親しげに話す二人の姿から、その女性が元許嫁《いいなずけ》の詩織だと理解した。

夏瀬家に、離婚した妻が連れて出た娘が戻っているという噂は耳にしていたし、貴彦が可愛い娘のために、理想の婿を探しているという話も聞き及んでいた。

ただやる気のない詩織の態度を見る限り、父の思いは娘の負担になっているらしい。

一応は元許嫁《いいなずけ》であった自分が、見合い中の夏瀬親子に声をかけるのは失礼かと思い、その場で声をかけることはなかったが、その日の詩織の姿は綾仁の心に強い印象を残した。

「自分の見合い中に、他人の見合いに気を取られているから、相手の女性を怒らせたんじゃないですか？」

詩織が痛いところを突いてくる。

先ほどの女性がその時の見合い相手だと話していたので、呆れられたようだ。

「失礼な。先方は、今日会った時までは乗り気だったぞ」

ムキになることではないのだけど、思わず言い返す。

見合いの席で話が盛り上がった覚えはないが、相手はえらく乗り気とのことで、仲人《なこうど》の顔を立ててパーティーの前にランチをすることになった。

「でも結局、怒らせてしまったんですよね」

「俺は乗り気じゃなかったから、それでいいんだよ」

なんとなく負け惜しみのようになっているが、その言葉に嘘はない。

綾仁は依存心が強くやたらと甘えてくるような女性より、自分の価値観を持って自立している女性の方が好みだ。

相手には悪いが、甘えた口調でぜひ綾仁と結婚したいと話す女性に辟易《へきえき》し、断りの言葉を告げるタイミングを考えていたら、隣の席に詩織が案内されてきて驚いた。

それでつい詩織の方ばかり気にしていたら、見合い相手を怒らせてしまったのだ。パーティーの前にワインをかけられて多少困りはしたものの、それで破談にできたのだから安いものだろう。

「とはいえ、あの状態でパーティーには行けないから、ホテルの部屋を取り、シャワーを浴びて新しく用意したスーツに着替えていたらパーティーに遅刻した」

綾仁は深く息を吐く。

着飾った詩織があの場所にいた理由を考えて、すぐに彼女も自分と同じパーティーに出席するのではないかと思い至った。

最近、貴彦が娘を連れてパーティーに出席することが多いという話は耳にしている。

パーティー会場のスタッフに出席者を確認してみると、予想どおり、夏瀬社長は後継者の圭一と一緒に、娘の詩織も連れてきているとのことだった。

一度彼女と話してみたいと思っていたので、さっそく声をかけたのだが、どういうわけか彼女を怒らせてしまった。

それならそれで諦めればいいものを、生憎《あいにく》自分は気になったことは探求しないと気が済まない。

結果、面倒そうな男に絡まれている彼女を助け、ついでにゆっくり話をするために連れ出して今に至る。

「なんというか、そんな偶然があるんですね」

綾仁の話を聞き、詩織が驚いたような声を上げる。

だがなんてことはない。

「家の生活レベルが似ていれば、見合いの際に選ぶ店や、招かれるパーティーが被っても不思議はないだろ。偶然と言えるのは、昼のレストランで隣り合ったことぐらいだ」

それすらも、お互いがその後出席するパーティーを視野に入れた行動なのだから、そこまで驚く話でもない。

頬に視線を感じて運転の合間にチラリと視線を向けると、まっすぐな眼差しを向けてくる彼女と目が合った。

ハッキリした形のいい二重《ふたえ》の目が印象的な彼女は、可愛らしい顔立ちをしているのに甘えた雰囲気がない。

黒のドレスにジャケットを羽織っている姿は、お世辞にも華やかな装《よそお》いとは言えないけれど、不思議と質素といった印象もない。

それはたぶん、彼女の内側から滲《にじ》み出てくる人間的な魅力があってのことだろう。

「それで、美月波さんは、どうして私を連れ出したんですか？」

問いかけられ、信号待ちだったこともあり綾仁は再度視線を向ける。

こちらの視線をまっすぐに受け止めて、詩織は迷いのない声で言う。

「元許嫁《いいなずけ》だったのだとしたら、パーティー会場で父や兄を交えて話した方が自然じゃないですか？」

全く彼女の言うとおりだ。

婚約が解消になった後も綾仁は圭一と交流があったし、大人になった今もパーティーなどで顔を合わせれば普通に会話をしていた。

それなのにもったいぶった言い方をして誘い出したのは、圭一や夏瀬社長の前では話しにくいことを彼女に聞いてみたかったからだ。

「俺の元許嫁《いいなずけ》は、賢く成長したようだ」

素直に褒《ほ》めたつもりだったが、馬鹿にされたと思ったのか詩織がムッとした顔をする。

信号の色が変わったので、そんな彼女を横目に見つつ綾仁は車を発進させた。

「最近思うところがあって真面目に婚活を始めたんだが、見合いを繰り返すうちにあれこれ考えてしまってな」

「もし私に見合いについてのアドバイスを求めているなら無駄ですよ。私は独身主義なので」

迷いのない口調で詩織が言う。

そんな彼女が見合いをしているのは、父や兄の顔を立ててのことのようだ。

うんざりした口調から判断するに、彼女は本気で結婚するつもりがないらしい。

確かに綾仁としても、しっかりとした自分の価値観を持って生きる詩織が、社長令嬢として型にはまった家庭生活を送る様は想像ができない。

大きなお世話かもしれないが、彼女にはもっと伸び伸びとした暮らしをしてほしいと思う。

「君が独身主義になったのは、ご両親の離婚がトラウマになっているのか？」

かなり不躾《ぶしつけ》な質問だが、なんとなく彼女にならそれが許されると思った。

その読みどおり、詩織が気分を悪くした気配はない。

「トラウマというよりは学習ですかね。母を見ていて、結婚相手に自分の人生を預けるのはリスクが大きいと悟りました。結局のところ、一生責任を持って自分を養ってくれるのは自分だけです。私は、恋愛なんかに振り回されず、きちんと仕事をして自立したいんです」

凜《りん》とした迷いのない声に、つい笑みが漏れる。

彼女は本気でそう思っているのだろう。視界の端で握り拳《こぶし》が揺れている。

夏瀬ケミカルの社長令嬢なのだから、よっぽどのことがない限り暮らしに困ることはないだろうに。けれど彼女は、誰かに与えられる未来をよしとする気はないらしい。

飾ることも甘えることもない詩織を見ていると、不思議と清々《すがすが》しい気持ちになる。

「君らしい意見だ」

「そんなこと言われるほど、貴方と親しい関係ではないと思いますけど」

確かにそうだ。

会うのは二十年ぶりだし、子供の頃だって特別親しくしていた記憶もない。

それでもこのサバサバした物言いを、詩織らしいと思ってしまったのだ。

「私と話したかったことはそれですか？」

「少し違うかな……」

綾仁は指の腹でハンドルを叩きながら自分の考えを纏《まと》めていく。

再び赤信号に引っかかり、車が止まる。

「君は、シンデレラストーリーなんてしょせん幻想で、育った家庭環境が違う者同士の結婚は上手くいかないと思うか？」

もちろん彼女の両親のことを思えば、これがかなり失礼な質問だという自覚はある。

だが、両親を間近で見てきた詩織にこそ聞いてみたいと思ったのは、綾仁の心にわだかまるものがあるからだ。

「なんですか、その質問。そんなことを聞きたくて、私を連れ出したんですか？」

詩織は、驚いたとでも言いたげに瞬《まばた》きを繰り返す。

彼女からすれば、確かに突拍子もない質問だろう。

しかし結婚というものに真剣に向き合うと決めた綾仁は、どうしても彼女の意見を聞いてみたかった。

「そうだ。ぜひ君の考えを聞かせてくれ」

「私なんかに聞かなくても、美月波さんの周りには喜んでお喋《しゃべ》りの相手をしてくれる女性がたくさんいらっしゃるんじゃないですか？」

真顔でそんなことを言われると、彼女の目に自分がどう映っているのか不安になる。

とはいえ、こちらが冗談でこんな質問をしていないということは伝わったのだろう。詩織は少し考えてから口を開く。

「上手くいくかどうかは、ギブアンドテイクの配分によるんじゃないですか？」

「ギブアンドテイクの配分？」

耳慣れない言葉を復唱して首をかしげる綾仁に、詩織はそれこそが夫婦関係の真理だと言いたげに頷いた。

「人間関係は全てにおいてギブアンドテイクで成り立っています。だから、美月波さんの言う家庭環境の違う者同士の結婚でも、片方が経済的に与えられる一方でなく、相手に対してなにか胸を張れるものがあるなら、夫婦関係のバランスが取れて上手くいきやすい。逆にそのバランスが悪ければ、一方が我慢したり卑屈《ひくつ》になったりして、不和の原因になるのだと思います」

「つまり、君の両親の離婚は、卑屈《ひくつ》になった母親が悪いと？」

綾仁の率直な質問に首を横に振り、詩織は小さく指を動かして前を示す。見ると信号が青に変わるところだった。

「恋愛イコール男は頼られる存在でなければいけない、と思い込んでいた父も悪いですね。喧嘩両成敗と言うけど、恋愛や夫婦関係も似たようなものですよ」

詩織は悟ったような顔で言う。

なるほど、喧嘩も色恋も、感情的で冷静さを欠いているという意味では変わらない。

他人事《ひとごと》のように両親のことを語る詩織に、噴き出しそうになる。

「では幸せな結婚を望むなら、お互いにギブアンドテイクのバランスが取れる相手を探すところから始めるべきだろうな」

「もしくは、結婚を諦めて一人で生きるか、です。それも悪くないですよ」

自分はそちらを選んだと、詩織は胸を張る。

その迷いのない口調が清々《すがすが》しい。

綾仁は柔らかく目を細め「参考にさせてもらう」と言って、車を発進させた。

◇　◇　◇

「ここで降ろしてください」

夏瀬の屋敷の手前の道で詩織は綾仁に声をかけた。

「大事なお姫様を連れ出したんだ。ちゃんと玄関まで送らせてもらうよ」

綾仁は指示に従い車を停めたが、納得はしていないようだ。

「お姫様じゃないです」

詩織はムッとした口調で言い返す。

そんなふうに答えれば、相手がよけいに面白がるとわかっていながらも、考えるより先に口が動いてしまった。

案の定、綾仁がニヤニヤしている。

——ムカつく。

詩織は心の中で握り拳《こぶし》を作る。

「大事な娘さんを連れ回したんだから、夏瀬社長に一言ご挨拶《あいさつ》するべきだろ」

「美月波さんに家まで送られると面倒なことになりそうなので」

綾仁の意見はもっともなのだけれど、愛情過多な父や兄がどんな反応を示すのか想像がつかないので怖い。

詩織は「本当に送られる方が迷惑なので」と宣言し、相手にそれ以上の反論の隙を与えず車を降りた。

よく考えたら、相手はミツハ自動車の御曹司。

――最初が衝撃的すぎて、すっかり忘れていた。

父や兄との付き合いもあるようなので、素の反応ではなく、もっと夏瀬の社長令嬢らしく楚々《そそ》とした態度で接するべきだったかもしれないと車を降りてから気が付いた。

とはいえ相手もかなり自然体で接していたので、その辺はお互いさまだ。

今後関わり合いになることもないだろうと割り切って歩き出す。すると背後でドアの開閉する音が聞こえた。

振り返ると、綾仁がこちらへ駆けてくる。

「あの……、本当に送っていただかなくて大丈夫です」

慌てる詩織の手首を綾仁が掴む。

「大丈夫だ。君が嫌がることはしない」

「じゃあ、なんですか?」

「車の音がすれば夏瀬社長が気付くだろうから、門の前まで送らせてくれ」

そう言って歩き出す。

路上駐車している彼の車が気になったが、この辺は路上駐車禁止のエリアではないし、夜は車の通りもほとんどない。

ここで議論するより、素直に彼に門の前まで送ってもらった方が早い。

一分とかからず夏瀬家の門の前に着くと、綾仁は引き留めることなく素直に手を振る。

「送っていただき、ありがとうございます」

お辞儀を返して、詩織は門の中に入る。

「またね」

背後から聞こえてきた声に振り返ると、門灯に照らされる綾仁がニッと笑う。

ライトに照らされた顔は深い陰影を作り、その整った顔立ちを際立たせている。

実際に話してみて、思ったほど悪い人ではないとわかったけれど、モテる男には近付かないと心に誓っている詩織にとっては、今後も関わりたいと思う存在ではない。

どこか悪だくみを感じさせるその微笑みに、詩織は「さようなら」と告げて背を向けた。

3　プロポーズの訳は

週が明けた月曜日。新商品の企画会議に参加した詩織は、緊張した面持《おもも》ちで自分の企画の説明をしていた。

先週提出したコンビニスイーツの企画案は、審査を無事に通過し、企画会議に上げてもらえることになった。

まほろフードでは、まず商品開発部の社員がそれぞれアイデアを簡単に纏《まと》めた企画案を作成し、部長に提出する。その中で部長の目に留まったものを、調理方法やコストを含めた企画書に整え、他部署も参加する企画会議で改めて採用か否かを検討される。

その後、選ばれた企画書の内容を再度詰めてから、クライアントを交えた本会議に出し商品化するかの最終的な判断をしていくのだ。

今日は、他部署を交えた社内の人間のみの企画会議で、これまで詩織の企画はここで弾かれてきた。

「……味はもちろんのこと、目でも楽しめるよう、容器にもこだわりたいと思っています」

起立した詩織は、会議室正面のスクリーン画像をスライドさせながら、先日絵麻と飲んだ時に話したゼリーについての説明をしていく。

ムラサキに近い青色クラッシュゼリーに、カットしたフルーツを浮かべたイラストは、見た目にも涼しげだ。

会議出席者の反応が悪くないのを確認して、詩織は画面をスライドさせる。

次に映し出されたのは、詩織が描いた容器のラフスケッチ。

口広で短い足のついた容器の足の部分に、味変用のクリームを入れた三日月《みかづき》型の容器をはめ込む。

見た目の可愛さに力を入れるなら、容器にもこだわりたい。

その提案に数人の社員が興味を示し、それなりの手応《てごた》えを感じながら詩織は自分の発表を終えた。

——やれることはやった。

椅子に座り直した詩織は、そっと息を吐いた。

後は上の判断になるので自分にできることはなにもない。

肩の力を抜き、次の発表を聞きながら、ぼんやりと先週末のパーティーであったことを思い出す。

家族に付き合って参加したパーティーで、どこぞのボンボンに絡まれていたところを元許嫁《いいなずけ》だと言う綾仁に助けてもらった。

パーティー会場から連れ出され、ドライブがてら自分たちが本当に元許嫁《いいなずけ》であったことや関係解消に至った理由などを教えてもらう。

その流れで他愛ない会話をしたのだが、過去の恋人には冷めていると言われた詩織の価値観に、綾仁は楽しそうに耳を傾けてくれていた。

詩織の苦手とするタイプではあるけれど、一緒に過ごす時間は決して不快なものではなく、気付けばドライブの間、かなりリラックスして彼と話していたと思う。

結果、家族を思う気持ちはあるけれど、過剰な愛情や次々と持ち込まれる見合いに辟易《へきえき》していることなども話し、貴彦に擦り寄るために自分を利用しようとしてくる輩《やから》の相手をするのが本当に面倒くさいという本音まで吐露《とろ》してしまう。

彼の方も、結婚を考え見合いをしているが、紹介されるのは依存心の強い女性ばかりでうんざりしているといった愚痴を零していた。

どうやら彼はそういった女性が苦手らしく、見合いの度に辟易《へきえき》しているようだった。しかし、話を聞いた詩織に言わせれば、それは仕方がない気もする。

なんというか綾仁は、遊び慣れた伊達男《だておとこ》のように見える。それと同時に、揺るぎない包容力も感じさせるのだ。

そんな雰囲気を醸《かも》し出す綾仁に、女性はつい甘えたくなってしまうのだろう。そして、どうにかして彼の側にいられる存在になりたいと足掻《あが》くのだ。

誰かに頼って生きようと思わない詩織には、理解できない感情だけど。

――でも、思ったほど嫌な人ではなかったな。

詩織はそう、記憶を締めくくる。

彼は最初の印象より気さくで話しやすかった。一応、連絡先の交換はしたし、別れ際には『またね』と言われたけど、今後、彼と連絡を取り合うようなことはないだろう。

ちなみに戻った屋敷は大騒ぎになっていたので、玄関まで送るという彼の申し出を断ったのは正解だった。

父も兄も、詩織を勝手に連れ出した綾仁にかなり憤慨《ふんがい》しており、美月波家に正式に抗議するとまで言い出したので、助けてもらった恩もあり『思い出話が弾んで、自分からドライブに誘った』とフォローしておいた。

幼なじみと言うほど近い存在ではないが、嫌悪するような人柄でもなかったので、とりあえず彼が無事に価値観の合う女性と結婚できることを祈っておく。

——あれ。そういえばあの人、どうして結婚したいんだろう？

自分同様、結婚はせずマイペースに自分の人生を楽しむようなタイプに見えるのに。

そんな疑問が浮かんだ時、企画部長が「石川さん」と詩織の名前を呼んだ。

その声にハッとして顔を上げると、部長はそのまま数人の名前を呼び上げて、他部署の出席者に目配せをしてから言う。

「以上四人の企画を先に進めたいと思います。名前を呼ばれた者は、他のスタッフと協力して企画内容をさらに詰めるように」

部長の言葉を聞いていると、誰かに肩を叩かれた。

見ると先輩社員の仁美が満面の笑みをこちらに向けている。

「石川さん、よかったね。頑張ってたもんね」

そう言って詩織の労をねぎらってくれる彼女の企画は、今回は採用されなかった。

でもそれを気にする様子もなく、彼女はさっそくといった感じで詩織にアドバイスをくれた。

頼りになる先輩の助力に胸がじんわりするのを感じつつ、詩織は初めて自分の企画が最終段階に進んだことを喜んだ。

企画が選ばれたからといって、それだけに専念できるわけじゃない。会議が終わればいつもの仕事が待っている。

多少の融通《ゆうずう》はつけてもらえるけれど、通常業務のかたわら企画の内容を詰めていかなくてはいけないし、他の企画書も作らなくてはいけない。

「時間が欲しい」

昼休み、同僚の誘いを断って自分のデスクでパンを食べる詩織は、スマホを操作しながら唸《うな》る。

次の企画会議まではまだ時間があるので、昼休みを削ってまで仕事をする必要はない。

でも初めて企画が採用された喜びで、頭が忙《せわ》しなく回転して休憩を取る気になれないのだ。

近く試作品を作って部内で味について話し合う予定があるので、その前に色々と参考になりそうなスイーツを食べて自分なりの意見が出せるようにしておきたい。

それに、企画は選ばれたものの、容器に関してはコストの面で却下されたので、次までの課題として、既存の容器を使用した他に目を引くアイデアを考える必要もある。

課題解決のヒントを求めてスマホであれこれ検索していると、画面にメッセージを告げる表示が表れた。

メッセージの送り主は綾仁だ。

連絡先は交換したものの、実際にやり取りをすることはないだろうと思っていた彼からのメッセージに驚きながら開いてみると、今週末に予定されている詩織の見合い相手に関する情報だった。

どうやら見合い相手は、綾仁の学生時代の知人らしい。

一体、どこから情報が漏れたのだと思ったけれど、その理由は単純だった。

夏瀬家と美月波家の交友関係が重なっているからだ。

綾仁の情報によれば、今回の見合い相手は人柄も家柄も申し分なく、ご両親もいい人で、間違っても嫁を虐《いじ》めるようなことはないらしい。

『お気遣いをどうも。でも結婚するつもりはないので、情報は不要です』

そうメッセージを送ると、すぐに向こうから返信があった。

『知ってる』

その言葉の後に続く爆笑顔のスタンプに、詩織はムッと唇を尖らせる。

無視しよう。メッセージアプリを閉じようとした時、綾仁から次のメッセージが届いた。

『時間の無駄でしかない見合いを終わらせる、いい方法を知りたくないか？』

表示された文面に、詩織の動きが止まる。

その間に、綾仁はすかさず仕事帰りに会おうとメッセージを送ってきたのだった。

定時で仕事を終えた詩織が指定されたカフェに行くと、すでに綾仁の姿があった。

窓際のソファー席に座る彼は、詩織の姿に気付くと軽く手を上げて合図してくる。

「お待たせしました」

カフェは先に会計を済ませるタイプの店だったので、自分用のコーヒーを買って彼の向かいに腰を下ろした。

「仕事は忙しい？」

悠然とした態度でソファーに座る綾仁が聞く。

「はい」

事実を事実として即答した詩織に、何故だか彼はふわりと笑う。

その笑みに嫌味な感じはしなかったので、詩織は気にせず視線を窓の外へ向ける。

窓の外はすでに宵闇《よいやみ》に染まり、街路樹を彩《いろど》るイルミネーションがきらびやかな輝きを放っている。

その輝きを見て、なんとなく来月はもうクリスマスだなと思っていると、綾仁が口を開いた。

「夏瀬社長は怒ってた？」

その声に詩織は彼に視線を戻した。

小さなテーブルを挟んだ向かいに腰掛けるビジネスモードの綾仁は、シックなデザインのスーツを品良く着こなしている。

それでもジャケットの袖から覗くカフスや腕時計は、こだわりを感じさせるデザインで、一見して高級品とわかる。

そのさりげないお洒落が、嫌味なくらい様になっていた。

「私を連れ出したのが貴方と知って、かなり心配していたようです。帰るなり質問攻めにあいました」

若干の皮肉を込めた言葉に、彼が気を悪くする様子はない。

艶《つや》っぽく笑い、さらなる質問を投げかけてくる。

「夏瀬社長に俺たちの関係について聞いてみた？」

そう言って綾仁は頬杖をついて優美に笑う。

明らかにこちらの反応を楽しんでいる。その様子を腹立たしく思いながら、カップをテーブルに戻した詩織は答える。

「美月波さんは私の元許嫁《いいなずけ》で間違いありませんでした」

「だろ」

「父が私に貴方の存在を告げずにいたのは、数々の浮名を流している貴方は、私の夫に相応《ふさわ》しくないと思ったからだそうです」

そんな詩織の言葉にも、綾仁は余裕綽々《よゆうしゃくしゃく》といった感じで返す。

「夏瀬社長は情報のアップデートを怠《おこた》っているようだな。それは過去の話だ」

涼しい顔で返して、コーヒーで唇を湿らせ癖のある笑みを浮かべる。

「最近の俺は、真面目に婚活中だ」

「その割に、女性にワインをかけられていましたよね」

先日、彼が見合い相手を怒らせている場面に遭遇しているので、つい半眼で睨《にら》んでしまう。

そんな詩織の視線を相手が気にする様子はない。それどころか、堂々と言い返される。

「それでも、君よりは真面目に婚活をしているよ」

「……まあ、確かに」

詩織の場合、見合いはしているけれど、はなから結婚の意思がない。そういう意味では不真面目なのはこちらの方だ。

「それで本題だが」

綾仁は少し前屈《かが》みになって、癖のある笑みを浮かべてこちらの顔を覗き込む。

そして一つ咳払いをして、本題を切り出した。

「夏瀬……いや今は石川詩織さんか。一つ提案なんだが、元許嫁《いいなずけ》のよしみで俺と結婚しないか？」

「はい？」

思いもしなかった提案に詩織は声を裏返して目を瞬《またた》かせる。

綾仁は、自分の発言がかなり突拍子もないものだという自覚はないらしい。どこまでも強気な表情のまま続ける。

「君は家族の持ってくる縁談から解放されたい。俺は俺で、結婚しないといけない事情がある。お互いの利害関係は一致しているし、君にとっても悪い話ではないと思うが？」

「……っ」

こちらの事情をすっかり把握している相手の台詞《せりふ》に、返す言葉が出てこない。

そんな詩織に彼はなおもたたみかける。

「社長令嬢のフリもそろそろ限界だろう？　俺と結婚すれば、そういう窮屈《きゅうくつ》な状況から解放されるぞ。結婚と言っても、俺は君に男女の関係を求める気はないし、別居でも構わない。もちろん君の仕事に口を出したりもしないし、必要なら協力も惜しまない」

ずいっとこちらへ顔を寄せる彼の表情は、どこまでも強気だ。

「どうだ？」

鼻持ちならない伊達男《だておとこ》の提案に乗るのは面白くない……が、今の詩織にとって、これ以上にいい条件の話はない気がした。

こちらが返事に迷っていると、綾仁は背中をソファーに預けて言う。

「別に無理に受ける必要はない。元許嫁《いいなずけ》のよしみで提案したが、断るならそれもよし。俺は俺で見合いを続けるから、君は君で見合いを頑張ってくれ」

今の話は忘れてくれとでも言いたげに、手をヒラヒラさせる。

この場の主導権を握っているのが誰なのかはわかっているけど、この男の提案に素直に乗るのも癪《しゃく》に障る。

詩織が不機嫌な眼差しを向けていると、綾仁は右手を開いて視線の高さに持ち上げ、親指から順番にゆっくりと折っていく。

こちらに視線で『どうする？』と問いかけながら、中指、薬指と順番に折られていく指を見ていた詩織は、最後の小指を折りにかかったところで、観念して声を絞り出した。

「美月波さんの提案をお受けします！」

その言葉に、目の前の色男は勝者の笑顔を見せる。

「交渉成立だな」

どこまでも強気な綾仁に敗北感を感じながら、詩織はずっと胸に燻《くすぶ》っていた疑問を投げかける。

「美月波さんは、どうして結婚したいんですか？」

なんとなく、彼は自分と似たような価値観の持ち主のような気がしていたので、気乗りしない見合いを続けていることを不思議に思う。

「美月波さんは、女性に困るタイプには見えません。別に見合いでなくても、貴方が望めばいつでも結婚できそうじゃないですか。それなのに、どうして独身主義を伝えた私に、わざわざ契約結婚みたいなことを提案してくるんです？」

すると綾仁は、癖のある笑みを引っこめて真面目な表情になる。

「実は俺も、独身主義なんだよ」

「……やっぱり」

その方が納得いくと頷いていると、綾仁は面倒くさそうに息を吐いた。

「若い頃はそれなりに恋愛もしたが、まあ色々あって、自分は結婚には向かないと思ったんだよ」

「それなら、無理して結婚する必要はないんじゃないですか？」

詩織の意見に、頬に指を添えた綾仁は深く頷く。彼自身、結婚したいとは思っていないようだ。

「俺の両親は忙しい人たちで、俺はほとんど同居している祖母に育てられたようなものなんだ」

——急に話が逸れた。

詩織が怪訝《けげん》な顔をするが、綾仁は構わず続ける。

「その祖母に癌《がん》が見つかって、もってあと二年と言われた」

「え？」

思いがけない展開に小さな声が漏れた。

「祖母は高齢で自分の病を受け入れているんだが、唯一の心残りが……」

ため息を吐くような声で呟いて、自分のこめかみを指で叩く。

そこまで聞けば詩織にもわかる。

「可愛い孫の奥さんの顔を見られないのが心残りなんですね」

「そういうことだ」

綾仁が深く頷く。

「正しくは、祖母は俺が孤独でいることが不満らしい。だから結婚とまではいかなくとも、自分が死ぬ前に、俺に人生を共にするパートナーを見つけてほしいと願っている。それが祖母の唯一の心残りだと言われれば、こちらも真面目に取り組むしかないだろう」

「それなら、誰かに恋人役を頼んだらいいんじゃないですか？」

祖母を安心させたいのなら、本当に結婚相手を探さなくても、恋人役を演じてくれる人を探せばいいのではないだろうか？

彼ほどの男性ならば、喜んで恋人役を引き受けてくれる人がいくらでもいると思うのだけど。

詩織の提案に、綾仁は渋い顔をする。

「祖母は愛情をもって誠実に俺を育ててくれた。だから俺も、祖母の願いにはできる限り誠実に向き合いたいと思っている」

さりげなく『できる限り』と付け足しているあたりに、怪しいものを感じるけれど、彼なりに真面目に祖母の願いを叶えるつもりでいるらしい。

「それで、その結果がどうして私との結婚なんですか？」

彼が二十年ぶりに顔を合わせた元許嫁《いいなずけ》に好意を抱《いだ》いているなんてことはありえない。二人の間に流れるドライな空気から、再会してからの短い時間で彼が詩織に特別な感情を抱《いだ》いたなんてこともないだろう。

納得のいかない表情を見せる詩織に、綾仁はソファーの肘かけを利用して頬杖をつく。

「俺の場合、結婚を視野に入れた真剣な付き合いとなると、それなりの家柄の女性を求められる」

詩織の両親のような大恋愛ならともかく、家族を安心させるために結婚するのであれば、その選択が妥当と言える。

「なるほど。育ちはともかく、私も一応夏瀬貴彦の娘ですもんね」

自分を卑下《ひげ》するつもりはないけれど、何故彼が自分に声をかけたのか納得する。

それに家柄という意味では、彼も詩織の結婚相手として、父や兄を納得させられるだけの家柄の人である。

「だが、どうにも俺は、良家のお嬢様というものが性に合わない。祖母の願いを叶えるべく見合いを繰り返してはいるが、このままでは時間の無駄という気がしてきてな」

今さら家族に心配をかけるわけにもいかないし——無意識に口から零れたような彼の言葉に、なにかしらの事情を感じた。けれど、詩織が踏み込んでいい話でもない。

——なんとなく話の流れが見えてきた。

詩織がそう思ったのと、綾仁がこちらを顎《あご》で示すのはほぼ同時だった。

「だが君と俺なら、ギブアンドテイクの配分とやらがちょうどいいんじゃないかと思って」

「そうきましたか」

頬を引きつらせる詩織相手に、綾仁は得意げな表情で続ける。

「俺も君同様、結婚にも恋愛にも興味がない。だが状況が、それを良しとはしてくれない。だったら似た者同士で一緒になれば、お互いの問題が解消されるんじゃないか？」

「……なるほど」

確かに彼の祖母の言う『人生を共にできるパートナーを見つけてほしい』という望みなら、契約結婚でも叶えられる。

さっき綾仁が言っていた『できる限り』というのは、こういうことか。

「自立心の強い君なら、一緒に暮らしても俺に依存して甘えてくるなんてことはなさそうだし」

「そんなことしませんよ」

彼に甘える自分の姿を想像して、それを振り払うように首を横に振る。そんな詩織の様子を見て、綾仁は楽しげに目を細めた。

「別に口説く気はないし、君の人生に口出しするつもりもない。俺からの希望は、祖母の前で、パートナーとして仲良くしてほしい、という一点だけだ」

淡々と交渉条件を並べていく綾仁は、最後に「悪い話じゃないだろ?」と、ニヤリと笑う。

悪い話ではないけれど、いいように彼のペースに乗せられている気がしなくもない。

納得のいかない顔をしている詩織に、綾仁が人さし指をピンと立てて言う。

「なにより俺と結婚したら、もう見合いをしなくて済む」

「うっ」

確かにそれは、かなり魅力的だ。

このところ、見合いやパーティーで週末が潰れている。

今は仕事で結果を出すために少しでも時間が欲しい詩織としては、そういうことに時間を取られないのはとても助かる。

詩織の瞳の輝きが変わったのがわかったのだろう。

綾仁はスッと目を細め、軽く顎《あご》を上げる。

「この提案が君にとっていかに有益か確かめるために、今週末、俺とデートしてみないか? 運転手を兼ねて、君の行きたい場所に付き合うよ」

「えっ!!」

これまたなんて魅力的な誘い文句だろう。

先日のドライブの際に、父と兄が過保護すぎて外出も気軽にできないと愚痴っていたのを、覚えていたようだ。

なんだか変な流れになってしまったが、背に腹は代えられない。

それに人間関係はギブアンドテイクが基本。彼に助けてもらう分、こちらも彼の希望を叶えればいいのだ。

「改めてよろしく」

ニヤリと笑って綾仁が右手を差し出す。

男性的な魅力に溢れたその笑顔は、やっぱり詩織が苦手とするモテる男のそれだ。とはいえ、彼ほど詩織の理想にマッチする相手はいない。

「パートナーとして努力させていただきます」

そう言って、綾仁の差し出した手を握り返した。

4　最初のデートで思うこと

十一月最後の土曜日。二階の自室を出た詩織は、階段まで来たところで、もの言いたげな視線を感じて足を止める。

一階からじっとりとした視線を向ける父の貴彦に気付いた。

一応本人は隠れているつもりなのだろうけれど、階段の手すりの隙間から思いっきり頭が出ている。そしてそんな父の隣には、兄の圭一の姿も見えた。

「あれ？　詩織、もう出掛ける準備をしたのか？」

さも偶然階段の下を通りかかったといった感じで、貴彦が声をかけてきた。

こんな広い屋敷の中で、圭一と頭をくっつけて二階の様子を窺っていたのだから、偶然のわけがない。

「もうじき、迎えに来る時間だから」

ツッコむのも面倒なので、そう答えて階段を下りる。

そんな詩織の姿を、二人揃ってマジマジと見つめてきた。

物憂《ものう》げにほうっと、深い息を吐く父に、なにを言われるのかと身構える。

「詩織は本当に綾仁君と結婚を考えているのかい？」

不自然な笑顔で話す父は、詩織が綾仁を選んだことに納得がいってないのだろう。

先日、彼の提案を受け入れて、結婚を決めた後の綾仁の仕事は早かった。

そのまま詩織と一緒に夏瀬家を訪問し、貴彦と圭一に、先日のパーティーで詩織を勝手に連れ出したことを詫びつつ、偶然再会した元許嫁《いいなずけ》として話しているうちに意気投合したと話した。

そして、お互いの近況を話し合った結果、結婚を前提に交際してみることにしたと続けた。

これまで良縁を散々断り続けてきた詩織が、突然綾仁と付き合うと言い出したことに、貴彦も圭一も仰天した。

綾仁の華やかな女性遍歴を耳にして、元許嫁《いいなずけ》でありながら敢えて詩織の花婿候補から除外していたのだから当然と言える。

綾仁はと言えば、露骨《ろこつ》に苦い顔をする夏瀬家の男性陣に怯《ひる》むことなく、真摯《しんし》な表情で二人に不快な思いをさせてしまったことを詫び、『多少浮名を流していたのは事実だが、それは過去のこと。今の自分は仕事に励《はげ》むかたわら、将来を見据えて真面目に婚活をしている』『自分を信用し、納得してもらえるまで結婚は急がないが、交際は認めてほしい』といったことを、訥々《とつとつ》と語った。詩織も横で、彼に話を合わせる。

全く知らない仲でもない綾仁にそこまで言われて、貴彦も婚約者とまでは認められないが、結婚を視野に入れた交際なら許可するということで話は落ち着いた。

はずなのに……

「ええ。だからこうしてデートの約束をしてるんです」

先日のやり取りを思い出しつつ、詩織は答えた。

その言葉に、貴彦はなんとも言えない顔をする。

これまで結婚については詩織の気持ちを尊重すると言ってきた手前、反対はできないが、賛成もしたくないらしい。

「父さんがどうしても心配なら、僕が二人のデートに付いていこうか？　綾仁君とは知らない仲じゃないし」

圭一が名案とばかりに口を挟むと、貴彦が表情を明るくする。

「それを言うなら、私だって美月波家の皆さんとは長い付き合いがある。私も一緒に行こう」

笑顔で盛り上がる二人に、詩織は背中を仰《の》け反《ぞ》らせた。

デートに父兄が同伴するなど聞いたことがない。

本気で身支度をしに行こうとする二人を慌てて引き留めようとした時、家政婦が綾仁の到着を告げに来た。

「美月波さんっ！」

——お願いだから、この愛情過多な家族をなんとかして。

詩織は、心でそう叫びながら玄関に急いだ。

そして玄関ホールに立つ綾仁の姿を見つけると、そのままの勢いで彼に抱きつく。

「お、おい、どうした？」

熱烈な出迎えに戸惑いつつも、詩織の体を受け止めた綾仁が聞いてくる。

詩織は彼の首に自分の腕を回すと、背伸びをしてその耳元で囁《ささや》く。

「あの二人に、今日のデートを納得させてください。でないと、ウチの家族全員引き連れて出掛けることになりますよ」

そう言って、微かな首の動きで自分の背後を示す。詩織の背後には、呆然と立ち尽くす父と兄の姿があった。

素早く状況を理解した綾仁が「了解」と、小さく笑って、詩織の背中をポンと叩く。

それを合図に詩織が彼から体を離すと、綾仁は最高の笑顔で二人に挨拶《あいさつ》をしに行った。


それから一時間後、詩織は綾仁の運転する車の助手席にいた。

「なんだ？　なにか言いたそうな顔だな」

そう声をかけられ、詩織はご機嫌な様子でハンドルを指の腹で叩く綾仁を見た。

これまでスーツ姿しか見たことがなかったが、休日の今日、彼はカジュアルなデザインのシャツに温かそうなカーディガンを羽織っている。

服装のせいか、いつもより印象が柔らかく見えた。

「なんていうか、美月波さんは遠慮がない上に、口が上手いなと」

詩織が言うと、綾仁は楽しそうに笑った。

「これでも仕事のできる男なので。交渉能力の高さは、よく褒《ほ》められるよ」

そう、恥ずかしげもなく自分を賛辞する。

「ものは言い様ですね」

先ほど、詩織から家族の説得を任された綾仁は、見事にその願いを叶えてくれた。

爽《さわ》やかに貴彦たちに挨拶《あいさつ》をし、誠実な態度で詩織とのデートを楽しみにしていたと語り、最後に詩織の母から、生前『詩織をよろしくね』と頼まれた、という思い出話を引っ張り出して、言葉巧みに夏瀬家の男性陣を丸め込んだ。

夏瀬ケミカルの社長と専務ともあろう二人が揃ってこの男の口車に乗せられて、会社は大丈夫だろうかと心配になる。

まあ一応は許嫁《いいなずけ》だったのだから、詩織の母が綾仁にそれくらい言っていてもおかしくはないし、その他諸々《もろもろ》も、嘘ではない。

全くもって、ものは言い様である。

詩織の皮肉に、綾仁はハンドルをトンッと叩いて言う。

「褒《ほ》め言葉として受け取っておく」

「おかげさまで、お見合いの日々から解放されたので、素直に感謝しています」

詩織はお礼の意味を込めてペコリと頭を下げた。

「とはいえ、まだ正式な婚約者として認めてもらったわけじゃないけどな」

綾仁は、やれやれと肩を落とす。

「それでも、デートを口実に、こうして週末をスイーツの市場調査に使えるのはありがたいです」

詩織はその喜びを噛みしめる。

「ならいいけど。それにしてもコンビニ菓子って、それぞれの会社が作ってるもんじゃないんだな」

詩織が行きたいと話した洋菓子店に車を走らせながら綾仁が言う。

「私も学生の頃はそう思っていました」

経済的にあまり余裕がなかった詩織にとって、たまに買ってもらえるコンビニスイーツは特別なものだった。

もともと料理が好きで栄養学を学んでいたこともあり、自分も将来、コンビニスイーツ作りに携《たずさ》わりたいと思うようになった。そして就職活動で企業を色々調べていくうちに、今の会社の存在を知り、エントリーシートを送った。

その結果、見事に夢を叶えてコンビニスイーツの企画に携《たずさ》わることができている。

「すごいな」

詩織の話を聞いた綾仁が、しみじみした声で呟く。

「なにがですか？」

「俺の場合、最初からミツハ自動車を継ぐ前提で育って、そのまま会社に入ったから、そんなふうに自分の将来を考えたことがない。だから自分の意思で進む道を決めて、今の仕事に就いた君を素直にすごいと思うよ」

少しの嫌味も感じさせない彼の言葉に面食らう。

最初こそキザな伊達男《だておとこ》と思っていたけど、彼は意外にも気さくな性格をしている。

——まあ、薄々それには気付いていたんだけどね。

自己主張が強くて、強引でマイペース。そんなふうに見えて、綾仁は気遣いのできる人だ。見た目の印象が強すぎて、すぐに正しい評価ができずにいただけで。

「美月波さんの方がすごいですよ」

自分の価値観を改めた詩織は、思っていることを素直に伝える。

「なにが？」

「進みたい道を進んだ上で、ちゃんと実力を発揮できているんですから」

「進みたい道……って、俺の場合はミツハ自動車が家業なだけだよ」

綾仁は困り顔で返すが、それだけのわけがない。

「美月波さんみたいに自己主張の強そうな人は、いくら家業でも、興味がなければ後を継ごうなんて考えないでしょ。それこそ、ものは言い様で家族を丸め込んで、好きな道に進んでいたはずです」

「……確かに、そうかもな」

「そんな美月波さんがなんの迷いもなく、家業だからと納得して進むくらい、ミツハは魅力的な会社ということなんでしょうね。そんな素敵な会社で実績を上げているんだから、美月波さんの方がすごいですよ」

彼と再会して以降、父や兄からミツハ自動車における彼の功績を聞かされている。

この状況で褒《ほ》めるのは少々面白くないといった顔をしながらも、二人は若き指導者としての綾仁の働きを褒《ほ》めていた。

もちろん詩織だって、自分の夢を叶えるための努力をしている。

だが、まだまだ新米の域を出ない詩織に対する周囲の目は優しく、先輩方に失敗をフォローしてもらいながらどうにかやっているといった感じだ。

綾仁の方は、創業家の御曹司として高い成果を求められている中、実力で結果を出しているのだから、胸を張るべきである。

「そんなふうに考えたことは、なかったな」

詩織の意見に綾仁がしみじみとした声で呟いた時、車がちょうど目的の店に到着した。

車を近くのパーキングに入れた綾仁は、助手席のドアを開けながら「ところで……」と、声をかけてくる。

差し出された綾仁の手をスルーして車を降りた詩織は、彼を見上げて言葉の先を促《うなが》す。

少しも自分に頼るそぶりのない詩織に肩をすくめて、綾仁は車のドアを閉めながら言う。

「親公認の仲なのに、俺はいつまで『美月波さん』なんだ?」

言われてみれば確かに不自然だ。しかし、詩織にも気付いていることがある。

「そういう美月波さんも、私のことを名前で呼ばないようにしてますよね?」

詩織の指摘に綾仁は気まずそうな顔をする。

「だからこの辺で、お互いの呼び方をハッキリさせておかないか? ちなみに昔の君は、俺のことを『綾君《あや》』と呼んでいたぞ」

面白そうに顔を覗き込まれるが、今さらそんな呼び方ができるはずない。

「じゃあ、綾仁さんと呼ばせていただきます。ちなみに綾仁さんは、子供の頃は私をなんて呼んでたんですか？」

「覚えていない」

綾仁が即答する。その表情を見れば、彼が嘘をついているのは明白だ。

こういう時、年齢差をズルく感じるけれど、特別知りたいわけでもない。

「俺も詩織さんと呼べばいいか？」

そう言って、彼は懲《こ》りずに再び詩織に手を差し出してくる。

「年下ですから、呼び捨てでいいですよ」

言いながら、綾仁の手をペチンと叩く。

そのまま離れようとしたら、何故か素早く手を掴まれる。

「じゃあ、詩織で」

彼は詩織の手を引いて歩き出す。

咄嗟《とっさ》に手を振り解こうと思ったが、一応とはいえ今の自分たちは恋人同士だ。

振り解く方が変だろうか？　そんなことを考えている間に彼がどんどん歩いていくので、手を離すタイミングを失ってしまった。

結局、手を繋いで目的の店に向かっていると、すれ違う女性とやたらと目が合うのに気付く。

不思議に思ってよく観察すると、女性の視線は詩織と手を繋ぐ綾仁に向けられていた。その流れで詩織と視線が合うだけみたいだ。

綾仁はと言えば、そういった視線に慣れているのか全く気にする様子はない。

詩織の視線に気付いた彼が、ニコリと微笑みかけてくる。

——なんだかな……

結婚願望がないだけで、一応詩織にも過去に恋人がいたことはある。

だけど綾仁は、詩織がこれまでに付き合ってきた男性とあまりに違いすぎて、どう反応すればいいかわからない。

「ケーキを買った後、本当に綾仁さんのお宅に行ってもいいんですか？」

今向かっているのは、前から行ってみたいと思っていたタルトが人気の洋菓子店だ。

綾仁からデートで行きたい場所があるかと聞かれて、咄嗟《とっさ》に名前を出したのだが、後になってイートインスペースがないことがわかった。

それなら、一人暮らしをしている自分のマンションで食べればいいと綾仁が提案してきた。さらには、どうせなら気になる店を色々回って、食べ比べたらいいと言ってくれたので、その提案に乗ることにした。

「これから結婚しようっていうのに、変な質問だな」

「確かにそうなんですけど……」

詩織としては、展開が早すぎて相手との距離感が掴めないのだ。

一応今の自分は彼の恋人だと頭ではわかっていても、いきなり一人暮らしのマンションに行っていいものかと考えてしまう。

先ほどから周囲の彼に向ける熱っぽい視線を感じているので、なおさらである。

――早まったかな？

そんなことを考えていたら、綾仁が軽く手を揺らしてきた。

「料理はしないが、コーヒーぐらいなら淹《い》れてやるよ。他の飲み物がよければ、マンションの向かいにコンビニもある」

詩織の沈黙をどう受け取ったのか、そんなことを言われた。

適切な距離は測りかねているけど、彼は決して悪い人ではないのだ。

「私もコーヒー派ですから、大丈夫です」

詩織はそう答えて、とりあえずこれ以上深く考えるのをやめることにした。

◇◇◇

――なんだかな……

他の客の邪魔にならないよう店の隅に立つ綾仁は、くすぐったいような妙な気持ちで自分の元許嫁《いいなずけ》を眺めた。

詩織の希望によりスイーツ店に来たはいいが、綾仁は普段甘いものを食べる習慣がない。

わざわざ買ってまで食べる習慣がないだけで、甘いものが苦手というわけではないので、セレクトは彼女に任せることにして、自分は店の隅で待機していた。

これまでのやり取りで、仕事が好きという話は聞いていたが、活き活きとした表情で店員に質問する彼女の横顔を見ていると、その言葉が嘘ではないとわかる。

スイーツが好きな者同士シンパシーが働くのか、詩織の質問に答える店員の表情も明るい。

――美月波さんの方がすごいですよ……

スイーツ談議に花を咲かせる詩織を見ていると、先ほどの彼女の言葉が胸に蘇《よみがえ》る。

これまでも仕事をする自分に、『すごい』といった言葉をかけてくる者は多くいた。

でもその言葉は、大抵ただのやっかみで、綾仁は言われる度に内心不快でしかなかった。

だけど詩織の言葉は違った。

彼女の言うとおり、自分の性格なら嫌々会社を継いだりしない。

仕事に興味が持てなければ、それこそ家族を丸め込んででも好きな道に進んでいたはずだ。

その道を選ばなかったのは綾仁の選択によるものだし、今の場所で周囲を黙らせるだけの努力をしてきた。

手放しでそう評価されることが、こんなにも嬉しいことだとは思わなかった。

――違うか。

綾仁は、嬉々とした表情を浮かべる詩織に目を細める。

彼女は両親の離婚を責めることも、己《おのれ》の置かれた環境を嘆《なげ》くでもなく、ただ真摯《しんし》に現実と向き合って生きる強さがある。

そんな彼女に自分の生き方を評価されたからこそ、こんなにも嬉しいのだ。

胸に湧くくすぐったい感情を持て余しつつ、綾仁は買い物をする詩織を見守った。

「お待たせしました」

会計を済ませた詩織が自分のもとへと駆け寄ってきた。そして持っている二つの紙袋のうちの一つをこちらに差し出す。

「これは?」

不思議に思って差し出された紙袋を見ている綾仁へ、詩織が言う。

「綾仁さん、まめに実家に戻られているそうなので、おばあさまへのお土産《みやげ》にしてください。さっぱりした味のゼリーやギモーブを選んでみました」

「えっ」

驚いた顔をする綾仁に、詩織はなんでもないように笑う。

「私からと伝える必要はありませんので、おばあさまと一緒に召し上がってください」

だが、なかなか袋を受け取らずにいる綾仁に、詩織は「ゼリーは、真空タイプのものだから日持ちしますよ」と、見当違いなことを付け足してくる。

「いや、そんなふうに気遣ってもらえると思ってなかったから、驚いた」

綾仁の家族は、詩織との結婚に乗り気だ。

かつては家ぐるみの付き合いをしていたし、もともと許嫁《いいなずけ》だったのだから反対する理由がない。

ただ、その後の息子のなんやかんやを承知している両親としては、夏瀬社長が婚約を渋る気持ちもわかるようで、祖母に紹介するのは正式に婚約が整ってからということになっている。

綾仁としては、詩織には祖母に紹介する時に、パートナーとしてそれらしく振る舞ってくればいいと思っていた。

それ以上のことなど期待していなかったから、まさか紹介する前からこんなふうに気遣ってもらえるとは思ってもいなかった。

「ありがとう」

「綾仁さんの提案のおかげで、今日のお見合いに行かなくて済んだから、そのお礼です」

そう言って詩織が店を出ていくので、綾仁もその背中を追いかけた。

本人は気付いていないのだろうけど、彼女の顔は耳まで赤い。

お礼を言われたのが恥ずかしかったらしく、全身から話しかけるなというオーラを出している。

「次の店に行きますよ」

ぶっきらぼうな口調でそう告げて、足早に駐車場へ向かう詩織の背中を追いかける。

不機嫌な顔をした彼女と、会話もなく並んで歩く。

それが不思議と楽しくて、綾仁はわざとゆっくり道を歩いた。

◇　◇　◇

「いいキッチンですね！」

通された部屋の感想を表現するなら、その一言に尽きる。

綾仁が一人で住むマンションは、再開発が進んでいる都心の一等地にあった。

交通の便もいい好立地にあるにもかかわらず、敢えて低層階というそのマンションは、近くにインターナショナルスクールがあるからか居住者のほとんどが外国人なのだという。

天井《てんじょう》が高く大理石の床材を使った広いリビングや、置かれている家具を見れば生活水準の高さが窺い知れる。

普通ならそういった点を褒《ほ》めるべきなのかもしれないけど、詩織の場合、どうしてもキッチン周りにばかり目がいく。

初めて訪問する家でキッチンを見て回るなんてかなり失礼なことだけど、本人が好きに見てくれて構わないと言うので見せてもらった。

キッチンはカウンタースペースがかなり広いアイランドタイプで、複数の作業が同時にできそうだ。しかも素材が大理石なので、パン生地《きじ》などもこねられるだろう。

「夏瀬ケミカルのお嬢様がなにを言う」

大理石の手触りを楽しむようにカウンターを撫でていると、綾仁に笑われた。

そして、コーヒーを淹《い》れたから、リビングに移動するよう声をかけられる。

リビングに移動した詩織は、さっそく、買ってきたスイーツの箱を開けて写真を撮り始めた。次いでカバンからノートと筆記用具を取り出す。

「これは？」

「お菓子の記録帳です」

別に見られて困るものではないので、コーヒーと一緒に皿とフォークをテーブルに置いた綾仁にノートを差し出す。

「どこのお店でいつなにを買ったかという情報と一緒に、お菓子についての感想や、どんな材料が使われているかなんてことを、書いているんです」

パラパラとページを捲《めく》る綾仁に説明する。

初めてのお菓子を食べる時には、必ず記録をつけるようにしている。

外でスイーツを食べた時は、スマホにメモしておいて家に帰ってから纏《まと》めることにしていた。今日は綾仁のマンションで食べるので、筆記用具ごと持ち込ませてもらった。

「Ｎｏ．９ってことは、これが他に八冊あるのか？」

ノートの表紙を確認して、綾仁が小さく驚く。

「そうですね、学生の時から書いているので。半分趣味みたいなものです」

「この時々出てくる数字の走り書きはなんだ？」

なにが面白いのかノートをまじまじと読み込んでいた綾仁が、ノートの隅に走り書きしたような数字を示す。

「自分でお菓子を作ることもあるので、材料の配合とか、焼く時の温度とか、仕上がりで気になったこととかを書き込んでいるんです」

自分専用のお菓子のレシピを纏《まと》めたノートは別にあるが、このノートにもメモしていたりする。

誰かに見せる予定はなかったので、自分にしかわからない走り書きが多い。

「材料の配合？」

「んー、例えばゼリーを作る時に砂糖を入れますが、甘さを控えようとして砂糖の量だけを減らすと、離水して上手く固まらなくなるんです」

砂糖の増減一つとっても、他の材料とのバランスによって、味や食感だけでなく、仕上がりの状態にも影響してくる。

その絶妙なバランスを追究すべく、日々あれこれと知恵を絞っているのだ。

今日のお店のタルトは、クリームの上にフルーツを並べ、表面をゼリーで艶《つや》出ししていた。

そのため行儀は悪いが、詩織は自分の分のタルトを、フルーツ、クリーム、タルト生地《きじ》と分解して食べる。

メモを取りながら食べるので、リビングの床に直《じか》座りしていた。

「そうしてみると、お菓子作りって科学の実験みたいだな」

詩織に付き合ってソファーではなく床に直《じか》座りした綾仁は、自分の分のタルトを手掴みで食べているので、こちらはこちらで行儀が悪い。

「そうですね。確かに、分量や配合、温度に湿度って、実験みたいですよね」

クリームだけを食べて、詩織は黙々とノートにメモを取る。

「その食べ方、美味しいの？」

綾仁にそう聞かれて、詩織は少し考えてから言う。

「美味しいですよ。もちろん普通に食べた方が美味しいでしょうけど」

その答えに綾仁が笑う。

「いつもこうやって食べているのか？」

綾仁の声は、バカにしているのではなく、心底感心しているといった感じだ。

「さすがに場所は選びます。お見合いの席ではちゃんと我慢してましたよ」

母の躾《しつけ》が悪かったと思われるのが嫌で、パーティーなどの公《おおやけ》の席や夏瀬の家での振る舞いは常に気を付けていた。

「本当は、その場で写真やメモを取りたいんですけど、ちゃんとＴＰＯはわきまえてます」

そのくらいの自制心はあると胸を張ると、綾仁が目尻に優しい皺《しわ》を刻む。

「なのに俺の前では遠慮しないんだな」

「だめですか？」

「いや。構わないよ。無駄に気を遣われるのは好きじゃないし」

綾仁はそう言って自分で淹《い》れたコーヒーを味わう。

なんとなく彼ならそう言ってくれる気がしていた。

一見、相容《あいい》れないタイプに見えるけれど、自分と似た思考の持ち主なのかもしれない。

だからなのか、一緒にいてあまり緊張しない。

「このカソナードってなに？」

横から手を伸ばしてパラパラと詩織のノートを捲《めく》っていた綾仁が聞いてくる。

「サトウキビを煮詰めて作った粗糖《そとう》のことです。クレーム・ブリュレの表面をキャラメリゼする時なんかによく使われます」

詩織の説明に、綾仁は「へ～」と、感心した声を上げる。

そうやって彼とする他愛ない会話は、思いのほか心地よい。

「ほら」

彼と言葉を交わしながら一口食べてはメモを取るといった作業を続けていると、詩織の鼻先に、綾仁が自分のタルトを差し出してきた。

「なに？」

驚いて視線を向けると、彼はなんてことないといった感じで言う。

「勉強熱心なのはいいけど、せっかくなら普通に味わってみたらどうだ？」

つまり、自分の分を一口くれるということだろうか。

「……」

彼の食べかけのタルトを一口もらうということは、間接キスになるのでは、と気になるけど、それを口にするのは思春期の子供のようで恥ずかしい。

詩織が食べやすいようにと彼がこちらに体を傾けたことで、二人の距離がぐっと近くなる。

「普通に食べた味も、参考にした方がいいだろ」

確かにそうだ。

納得した詩織は、変に意識するのをやめて彼の厚意に甘えることにした。

「じゃあ、いただきます」

ある意味綾仁に食べさせてもらっているような状況だが、構わず一口齧《かじ》る。

彼が食べていたのは洋梨のタルトで、カスタードクリームの上にコンポートされた洋梨が並べられている。彩《いろど》りに砕いたピスタチオがちりばめられ、タルト生地《きじ》にはアーモンドパウダーが混ぜられているみたいだ。

それらが、口の中で絶妙なバランスで美味しさを作り出している。

「美味しいですね」

満面の笑みを浮かべる詩織に、綾仁は満足そうに目を細める。

タルトの美味しさに気持ちが緩んでいたのだろう。少しも気取ったところのない彼のその表情に、詩織の心臓が小さく跳ねた。

——落ち着け。

この伊達男《だておとこ》のさりげない表情にときめくなんてどうかしている。

自分を心の中で叱咤《しった》していると、不意にタルトを持っていない方の綾仁の手がこちらに伸びてきた。

彼の指が唇の端を撫でる感触に、詩織は息を呑む。

「……っ！」

「クリームがついてるよ」

そんな言葉と共にすぐに手を引っこめた綾仁が、クリームのついた指先を見せてくる。

「すみません」

彼が自分の唇を撫でた理由を理解してお礼を言う。

綾仁が無駄に男の色気に溢れているせいで、過剰に反応してしまったではないか。

そのことを恨めしく思いつつティッシュを差し出そうとしたら、それより早く綾仁は指先をペロリと舐《な》める。

「――っ！」

「確かに、これはこれで美味いな」

この態度は、自分を恋愛対象に見ていないからこそできるのだ。

そう理解していても、恥ずかしいものは恥ずかしい。

反応に困った詩織は、一口分けてもらった洋梨のタルトの記録を取ることに意識を集中させる。

それぞれにタルトを食べ他のケーキも記録を取りながら味見する。一息つくと、彼は持ち帰った仕事をすると言うので、詩織もそのまま企画書の案を纏《まと》めていく。

お互い自分の仕事をしながら、思い出したようにポツリポツリと会話をする。そうやって個々のペースで時間を過ごしていると、詩織のスマホが鳴った。

見ると、貴彦からである。

「どうかした？」

難しい顔をしている詩織に気付いた綾仁が声をかけてきた。

「父からです。そろそろ帰るのかとか、綾仁さんとのデートはどうだとか、そういった内容です」

「まだデートに出掛けた娘の帰りを気にするような時刻じゃないだろ」

腕時計に視線を落として綾仁が言う。

現在の時刻は十五時過ぎだった。

彼が言うとおり、社会人に帰宅を促《うなが》すような時刻ではない。だけど相手は愛情過多なあの父だ。

このメッセージを無視すれば、次は圭一から探りがくるだろう。

「家族が心配し始めているので、今日はそろそろ帰ります」

詩織は書きかけの企画書を片付け始める。

「君らしくないな」

「え？」

綾仁の言葉に、詩織は動きを止めた。

「ずっと不思議に思っていたんだが、君は自立できるだけの強さも経済力もある。家の財産に頼る気もない。それなのにどうして、わざわざ窮屈《きゅうくつ》な思いをしてまで夏瀬の家に留まっているんだ？」

綾仁は納得のいかない顔でこちらを見ている。

その疑問はもっともだ。

だけど詩織にもそうするだけの事情がある。

「綾仁さんと同じような理由です」

「俺と？」

「綾仁さんが育ててくれたおばあさまの願いに、できるだけ誠実に応《こた》えたいと思うのと同じです。

父と兄が過剰なまでに私に過保護なのは、母との関係に取り返しのつかない後悔を抱えているからなんです」

離婚は母が望んだことだし、その後二人が疎遠になったのも、父が愛する人の意見を尊重したからだ。それなのに父は未だに、母に苦労させたことを後悔している。

そして兄も、自分だけが夏瀬の家でなに不自由なく育ったことに罪悪感を抱《いだ》いている。

どれだけ後悔しても、過去をやり直すことはできないし、死んだ人に懺悔《ざんげ》することはできない。

「なるほど。君が強引に家を出れば、夏瀬社長や圭一さんは、君が二人を拒絶したと思うだろうな」

綾仁の言葉に、詩織は頷く。

淡泊な性格をしているだけで、詩織だって家族を愛してはいるのだ。

父や兄を傷付けてまで我《が》を通すのは気が引ける。

詩織の話を聞いて、綾仁がフッと笑う。

柔らかな笑い方に視線を向けると、綾仁が口を開く。

「結婚に関してはギブアンドテイクの配分がどうのと熱く語れるのに、家族に対しては違うんだな、と思って」

「確かに……そうですね」

「まあ、それが家族っていうものなんだろうけどな」

詩織の矛盾を軽く受け流して、綾仁はおおらかに笑った。

彼の懐《ふところ》の深さがなんとなく悔しくて、その思いを誤魔化すように詩織は早口で言う。

「だから一番いいのは、私が二人の認める男性と結婚して家を出ることなんです」

それなら二人を傷付けることなく、夏瀬の家を出られる。

そう思ったからこそ綾仁の提案に応じたのだけど、残念ながら今のところ二人の関係は結婚を視野に入れた交際に留まっている。

もの言いたげな詩織の視線に、綾仁が申し訳なさそうな顔で笑う。

「君とこうなるとわかっていれば、遊びは控えたんだがな」

そんな台詞《せりふ》をさらりと吐くから、いまいち信用ができないのだ。

「結婚相手に綾仁さんを選んだのは私の意思です」

その判断を後悔するつもりはない。

そう言って、詩織は片付けを再開する。

しかし、その動きを止めるように、綾仁が詩織の手を掴んできた。

「……？」

どうかしたのかと彼の顔を見ると、真面目な顔でとんでもないことを言う。

「なあ、よかったらここで一緒に住まないか？」

「はい？」

思わず声が裏返る。

自分たちは一応、結婚を前提にした恋人同士ではあるが、出会ってまだ一週間程度だ。正しくは子供時代に会っているらしいけど、その記憶のない詩織からすれば初対面と変わらない。

それなのに一足飛びに一緒に暮らすなんて……

「俺と暮らした方が、思う存分仕事や勉強ができるんじゃないか？」

そう話す彼の目は、詩織の手元に向けられている。

「それはそうですけど……だからっていきなり同棲なんて早すぎませんか？　それに急いで私と一緒に暮らすメリットが、綾仁さんにはないですよね？」

確かに彼と暮らした方が、今より仕事に集中できるだろう。

だけど祖母の前で仲睦まじいパートナーを演じてほしいだけの綾仁に、同棲を急ぐ理由はない。

もしさっきの話を聞いて同情したのなら、そんな気遣いは不要だと、詩織は険しい眼差しを綾仁に向ける。

その眼差しを正面から受け止めて、綾仁が言う。

「これは俺のプライドの問題だ」

「プライド？」

「そうだ。せっかく君が提案に応じてくれたからには、期待を裏切らないだけの働きをしたい。なにより、夏瀬社長に関係を認めてもらえなければ、祖母に君を紹介できないからな」

「ああ……」

そういえばそうだった。

綾仁の両親が、ぬか喜びさせてはいけないからと、祖母への報告は貴彦が二人の関係を認めてからということになっている。

「俺としても、早く夏瀬社長に二人の関係を認めてもらいたい。だからこれは、俺のための提案でもあるんだよ」

自分たちはお互いの利害のために契約したのだ。

「確かにお互いのためには、同棲はいい考えかもしれません」

一足遅れで納得がいく。

「じゃあさっそく、家に送りがてら俺から夏瀬社長に……」

綾仁は自分で貴彦を説得するつもりなのだろうけど、詩織は首を横に振る。

「私が自分で話します」

「だが……」

「綾仁さんじゃないけど、私もできる限り誠実に家族と向き合いたいと考えています。だから、ちゃんと自分の言葉で父と兄に納得してもらえるようにします」

彼が言うとおり、詩織は家族に対しては遠慮が働いて自分の意見を呑み込んでしまう傾向にある。でもそれは、家族の関係として正しくないのかもしれないと思った。

綾仁ではないが、詩織だって自分なりに家族を大事に思っている。なので、できる限りではあるが、彼らが自分に向ける愛情に対して誠実な対応をしたい。

家を出て綾仁と一緒に暮らしたいという自分の意思を、ちゃんと父と兄に伝えて、許可を得たいと思う。

詩織のその話に、綾仁は理解を示してくれた。

それでも、いざという時は自分を頼ってほしいと言う彼は、つくづく人がいいと思う。

そんな性格だから、依存心の強い女性が頼りたくなるのだ。それに気付かない彼を面白く思いながら、詩織は家族と話し合うために今度こそ帰り支度を再開した。

5　二人暮らしの始まりに

詩織に同居を提案した翌週。

綾仁はなんとも言えない顔で自宅マンションに運び込まれた荷物を眺めて苦笑いを零した。

「すごい荷物だな」

「本当にすみません」

自分と同じ気持ちなのだろう。かたわらに立つ詩織も、眉を下げてこちらを見ている。

いつも快活な彼女がそんな顔をすると、叱られてしょげている子供のようでちょっと面白い。

彼女が何故そんな顔をしているのかと言えば、今日からこの部屋で同棲を始めることになった娘のためにと、貴彦が持たせた荷物の量が半端ないからだった。

さすがに花嫁道具とまではいかないまでも、真新しい家具に始まり新調したスーツやら着物やら、それに合わせる小物やらを大量に送りつけてきた。

なんとなくだが、普段は断られる贈り物を、ここぞとばかりに与えた気がしなくもない。

「自分で提案しておいてあれだが、これだけ君を溺愛している社長が、こんなに早く同棲を許してくれたことに驚いたよ」

先週、この部屋で詩織と共に休日を過ごした。

詩織が行きたいと言ったスイーツ店にイートインスペースがなかったため、綾仁のマンションに誘ったのが切っ掛けだが、彼女と過ごす時間は思いのほか心地よいものだった。

もっと詩織と一緒にいたい。

そんな独占欲にも似た感情を覚えたからというわけではないが、家族を思いやり自分を抑える彼女がもっと自由に過ごせるようにしてやりたいと思った。

それであれこれ理由をつけて、同棲を提案したのだ。

綾仁としては、責任を持って夏瀬社長と圭一を説得するつもりでいたが、詩織は家族に対して誠実でありたいと、自分の言葉で二人に理解を求めた。

もちろん綾仁も話し合いの場に同席して共に説得したが、二人の心を動かしたのは間違いなく詩織の言葉だろう。

詩織の真摯《しんし》な言葉に胸を打たれた夏瀬社長と圭一は、突然の申し出にもかかわらず自分たちの同棲を認めてくれた。

「父は、自分が反対したら、私が駆け落ちすると思っていたみたいです。父も昔、家族に結婚を許してもらえなければ、全てを捨てて母と駆け落ちする覚悟があったみたいで」

夏瀬社長に持たされた荷物の量に眉間《みけん》を押さえながら、詩織が言う。

「ああ……なるほど」

「信用ないですよね。そんな簡単に捨てられる家族だったら、今まであんなに我慢してないっていうのに」

詩織が寂しげな表情を見せた。

自立心が強く、いつでも家を出ることができた詩織が、わざわざ窮屈《きゅうくつ》な暮らしを我慢して、嫌々ながらも父の勧める見合いに付き合っていた理由は、すでに彼女から聞かされている。

綾仁は、詩織の肩に手を載せた。

「夏瀬社長は、君を信じていないんじゃなくて、きっと父親として自信がないんだよ。長年離れて暮らしていた娘に、父親としてなにもできなかった後悔があるなら、なおのことだ」

社長がそれを悔い、過剰なまでに過保護になってしまうのは仕方のないことだ。

でも詩織が、そのことに責任を感じる必要はない。

綾仁がそう声をかけても、詩織は家族のために心を砕く。

自立心が強く甘えるのが下手なだけで、詩織は家族思いで優しい心根の持ち主だ。

だけど彼女自身がそれに気付いていないのだから、つくづく無器用な性格をしている。

最初詩織に契約結婚を提案した時は、もっとドライな関係をイメージしていたが、今の自分はこれから始まる彼女との生活が楽しみになってきていた。

引っ越し業者の搬入が終わると、一気に静寂《せいじゃく》が訪れる。

「えっと……」

玄関先で二人一緒に業者を見送ると、急に詩織がそわそわし出す。

――緊張してるのか？

普段は、どちらかと言えば冷静なイメージのある詩織のらしくない態度に、こちらまでそわそわしてしまう。

「改めて、これからよろしく婚約者殿」

ぎこちない空気をどうにかすべく、綾仁はわざと茶化した口調で声をかける。

詩織にも、その意図が伝わったようだ。

「ふつつか者ではありますが、こちらこそよろしくお願いいたします」

澄まし顔でシャツの裾《すそ》を摘んで軽く膝を曲げた詩織が、うやうやしく挨拶《あいさつ》をする。

そんなやり取りをした後で再び目が合うと、あっという間に空気がほぐれていく。

「これから荷解きをするんだろ？　なにか手伝うことはあるか？」

「一人でできるので大丈夫です」

詩織の性格上、過剰に構われるのは嫌だろう。

「じゃあ俺はリビングで過ごさせてもらう。手助けが必要な時は、いつでも声をかけてくれ」

そう言ってその場を離れようとしたら、詩織が声をかけてきた。

「綾仁さん」

「……？」

綾仁が振り返ると、詩織が両手を重ねてお辞儀をする。

「本当に感謝しています」

そういった言葉をうやむやにしない彼女の律儀さが、どうにもくすぐったい。

「よかったな、ここでなら思う存分仕事ができるぞ」

気付くと綾仁は、詩織の髪をクシャリと撫でていた。

指に触れる柔らかい感触が心地よくてクシャクシャと髪を撫でていたら、詩織に「犬じゃないんですけど」と、腕を押しのけられた。

「悪い。手触りが昔飼っていた犬に似ていたものだから、つい」

そう肩をすくめながら、内心で自分の行動に驚いていた。

犬を飼ったことなどない。ただ気付いたら自然と手が動いていたのだ。

綾仁の手から逃れ、乱れた髪を直していた詩織は、ふと真面目な表情になって綾仁を見上げる。

「そういえば、綾仁さんのおばあさまには、いつ頃挨拶《あいさつ》に伺いますか?」

詩織の父が同棲を認めてくれたことで、一応二人は婚約者となった。綾仁の両親も折を見て祖母に詩織のことを話してもいいのではないかと話している。

「再来週、なにか大事な会議があるんだろ? 今はそれに専念したらいい。部屋の片付けもしたいだろうし、ばあさまに挨拶《あいさつ》に行くのはそれが落ち着いてからでいいよ」

「お気遣いはありがたいですが、私も綾仁さんの役に立ちたいんです」

その言葉に、ギブアンドテイクの配分について語っていたのを思い出す。どこまでもぶれない彼女に笑えてくる。

同時に、夏瀬社長たちに対する態度に比べて律儀すぎる対応を、少し面白くないと感じてしまうのは、我ながらどういうことなのだか。

とはいえ、詩織に負担をかけたくないのも事実。

「ばあさまには先週、君が持たせてくれたお菓子を渡してある。自分を気遣って選んでくれたのが伝わってくるってすごく喜んでいたから、十分、助けられているよ」

その言葉に嘘はない。

幸いという言葉を使いたくないが、高齢の祖母は癌《がん》の進行が遅く、定期的に通院や短期入院をしているが、今のところは綾仁の両親と一緒に家で生活することができている。

食事に関しても、薬の影響で口の中が常に乾燥しているといった悩みはあるが、厳しくなにかを制限されているといったこともない。

祖母の状況を詳しく説明したことはなかったが、詩織の選んでくれたお菓子は高齢者でも食べやすいものばかりだった。味に関しても同様の気遣いがされていたらしく、知り合いからのもらい物としか話さなかったが、祖母にはピンとくるものがあったらしい。「結婚するならこういう女性にしなさい」というアドバイスをされた。

そう話す祖母の表情は溌剌《はつらつ》としていて、かつて綾仁の世話を焼いていた頃の姿を彷彿《ほうふつ》とさせた。

綾仁は、そんな祖母の顔を見られただけで十分に感謝している。

それを告げると、詩織はホッとした表情を見せた。そして、それなら企画会議の終わった再来週の週末に挨拶《あいさつ》に行こうということで話は纏《まと》まった。

翌日の日曜日、ある程度の引っ越しの片付けを終えた詩織は、さっそくキッチンを占領していた。

それに綾仁がなにか言ってくることはない。

昨日は、詩織が引っ越しの片付けをしている間に、綾仁がケータリングで夕食の手配をしてくれた。それを食べながら、二人で今後のライフスタイルについて話し合った。

といっても、お互いに干渉しないことが前提の同棲なので、決まったのは、綾仁に料理をする習慣がないので台所は詩織が自由に使っていいということと、ここが彼名義のマンションなので家賃や光熱費の支払いは不要ということぐらいだ。

もちろん詩織は、そんな自分ばかりに条件のいい決定に納得するつもりはないが。

「なんというか……」

数回に分けて砂糖を加えながら泡立てた卵白に、黄色の食用色素とレモン汁を加えた詩織は、困り顔でオーブンを見た。

今からこれを焼いて、レモン風味のメレンゲクッキーを作るつもりなのだが……

「これ、絶対に新品だ」

オーブンだけでなく、このキッチンはやたらと調理器具が充実している。

綾仁が言うには『引っ越しの際に彼の家族が勝手に準備したもので、そのまま置いてあった』『新品に見えるのは使ってないから』とのことだが、たぶんそれは嘘だ。

最初に訪問した時より、確実に調理道具が増えている。それもお菓子作りに必要なものばかり。

少なくとも目の前にあるオーブンが、最近発売されたばかりの新型モデルであることに詩織は気付いていた。

——私のためだよね……絶対。

自分たちは契約に基づくドライな関係のはずなのに、彼はずいぶんと人がいい。

――綾仁さん、私と契約しちゃってよかったのかな？

当初宣言していたとおり、綾仁は詩織の行動に干渉するつもりはないらしく自分のペースで過ごしている。それでいて、自分のコーヒーを淹《い》れる際には詩織の分も用意してくれたり、ケータリングを二人分頼んでくれたりと、さりげなくこちらを気遣ってくれる。

彼なら間違いなく、いい夫、いい父親になれるはずだ。

そんな人が独身主義というのは、不思議な話のような気がする。

絞り袋に入れたメレンゲを小さな星形になるよう絞りオーブンで焼いていると、外出していた綾仁がリビングに入ってきた。

「玄関まで甘い香りがしていた」

手伝うことがないなら休日の日課であるジムに行くと言って出ていった彼は、出掛ける時とは違うジャージを着ている。

「すみません」

「謝ることじゃない。懐《なつ》かしいと思っただけだ」

――懐《なつ》かしい……家族の誰かがお菓子作りが好きだったのかな？

彼の両親は仕事が忙しかったと言っていたから、祖母がお菓子作りをしていたのかもしれない。

そんなことを考えていると、綾仁は詩織の横を通り冷蔵庫からミネラルウォーターを取り出した。

「なにを作ってるんだ？」

ジムでシャワーでも浴びてきたのか、喉を鳴らして水を飲む綾仁の髪は濡れていた。

「レモン風味のメレンゲクッキーを作って、ラムネ味のゼリーと食べたらどんな味になるのか試してみようと思って」

「美味いのか、それ？」

味の想像ができなかったのだろう。

綾仁が露骨《ろこつ》に顔を顰《しか》める。

「やってみないとわかりません」

詩織はあっさり答える。

もちろん最初から不味《まず》いものを作ろうとしているわけじゃないけど、一つ一つは美味しくても、合わせた時に美味しいとは限らない。でも、当たり前で無難なお菓子だけを作っていても、いい企画は生まれないのだ。

再来週の会議を前に、企画を練り直している最中なので、とりあえずあれこれ試してみたい。

今回の事前会議で詩織の案が採用になったのは、見た目の可愛らしさと夏らしい味を評価されたからだという。

しかし、こだわった容器については、流通とコストの面で却下された。

かといって、普通の容器に入ったクリームを添えるのでは味気ないし、見た目のインパクトにも劣る。そこで詩織は発想そのものを変え、別容器のクリームに変わる他の味変アイテムはないか考え始めたのだ。

「なるほど。色々大変なんだな」

彼は、キッチンカウンターに腰を預けて、詩織の話を興味深そうに聞いている。

話しながら洗い物を片付けていた詩織は、ふと大事なことを思い出した。

「そうだ、綾仁さん。今日の夕飯……というか、これから家でする食事は、私が担当していいですか？」

詩織の提案に、綾仁が驚いた顔をする。

「ギブアンドテイクの配分で言ってるなら、不要だぞ」

彼のことだから、そう言うと思った。

だからこそ、このタイミングで声をかけたのだと、詩織は小さな硝子《ガラス》容器に残されたままになっている卵黄を綾仁に見せた。

「お菓子だけ作っていると、食材ロスが勿体《もったい》ないんです」

「それは？」

「メレンゲの材料の残りです。他にレモンも余ってます。……というわけで、食事の準備を任せてもらえると助かります。ついでに家事効率の問題から、洗濯や掃除なんかも任せてもらえると、私のストレスが少なくて済むんですが」

もっともらしく語る詩織に、綾仁が疑いの眼差しを向けてくる。

自分はなんだかんだと、日常的にこちらを気遣っているのに、自分がされるのは気になるらしい。

つくづく無器用な性格をしている。

だけど、このまま一方的にしてもらうだけは嫌なのだ。

となれば、詩織だってもっともらしい理由をつけて、自分にできることをしていくしかない。

「だけど詩織も忙しいのだから、無理する必要はない。今までも掃除は定期的にハウスキーパーを頼んでいたし、食事も……」

気遣いを見せる綾仁に、詩織は不満げな顔で抗議する。

「じゃあ、ここの家賃や光熱費を払います。そうでないと、ギブアンドテイクになりませんから」

円満な形で実家を出て仕事に集中できるだけでも感謝しているのに、さらに、一方的に与えられる側に立つのは性格上居心地が悪い。

しばらく考えていた綾仁は諦めたように息を吐いた。

「わかった。家事に関しては君の好きにしたらいい。ただ食材のリクエストをしたいから、食費は俺の負担にさせてくれ」

「え、でもそれじゃあ……」

せっかく自分なりに彼に返せるものを見つけたのに。

「ギブアンドテイクなんだろう？　普段は料理をするのが面倒で外食ばかりだから、作ってもらえるのは助かる。だからその分、食費は俺に払わせてくれ」

不満げに唇を尖らせる詩織の髪を綾仁がクシャリと撫でる。

「もう、すぐにそうやって撫でる。私は犬じゃないんだから、やめてください」

そう言って彼の手を掴んで頭から遠ざけると、ふいに綾仁が詩織に顔を近付ける。

一気に距離を詰められたことに驚いて、詩織は後ろに身を引こうとした。けれど、カウンターがあるので思うように彼と距離が取れない。

その間に、綾仁は両手をカウンターについて、腕の中に閉じ込めた詩織に言う。

「俺たちは結婚を前提に付き合っているんだろう？　髪を撫でるくらい普通じゃないか？」

綾仁はやたら整った顔立ちをしているのだ。間近でそんなことを言いながら微笑まれると、意識してなくてもドキドキしてしまう。

「……だ、男女の関係は求めないのでは？」

「ただのスキンシップだ、慣れろ」

そう言って、綾仁はあっさり詩織を解放する。

「えっ、なっ……」

顔を赤くして口をパクパクさせている詩織に、綾仁は悪戯《いたずら》を成功させた少年のような笑顔を見せる。

「手料理、楽しみにしている」

どう反応するのが正解かわからず、詩織が引き結んだ唇を奇妙な形に歪《ゆが》めている間に、綾仁はリビングを出ていった。

――つまりこれは、からかわれたのだろうか？

ようやくそこに理解が及ぶと、彼の冗談に翻弄《ほんろう》された自分が悔しくなる。

――向こうに私を口説く気がないのは、わかっているのに……

その場に残された詩織は、なんとも言えない気分でお菓子作りを再開した。

◇　◇　◇

詩織と同棲を始めて約十日。綾仁はミツハ自動車の専務として、父であり自社の社長でもある美月波永太郎《えいたろう》の外出に同行しながら、腕時計に視線を落として物思いに耽《ふけ》っていた。

そのせいで、ハイヤーの後部座席に並んで座る父の言葉を聞き逃してしまった。

「すみません。今なんて言いました？」

父に声をかけられた感覚はある。ただ考え事をしていたので、耳がちゃんと言葉を拾っていなかった。

仕事中なので丁寧な言葉で聞き返す綾仁に、永太郎は気まずそうに咳払いを一つして言う。

「新婚生活はどうだ？」

結構、どうでもいい質問だった。

それでも公私を分ける性格をしている父にしては、珍しい質問だ。

「まだ結婚はしていませんよ」

「もともとは許嫁《いいなずけ》だった詩織さんと同棲を始めたんだ。結婚したも同然だろう」

綾仁の言葉に永太郎が少し苛立った声を出した。声の感じから『今さら関係解消なんて許さない』と言いたいのが伝わってくる。

散々浮名を流していた息子がやっと結婚する気になったはいいが、見合い相手をことごとく怒らせてきたので、詩織との暮らしが気になっているらしい。

「愉快に暮らしていますよ」

詩織との暮らしを振り返り、綾仁は感想をそう纏《まと》める。

父はもっと詳しい説明をしてほしそうだが、結局はその言葉に尽きるのだ。

お互い恋愛感情がないので、同棲と言っても色っぽいことはなにもない。だが、かえってそれが心地よい。

さっぱりとした性格の詩織は、変に干渉してくることはないが、さりげない気遣いをいつもしてくれている。

綾仁としては、自分の世話などに時間を費やさず、思う存分好きな仕事をしてほしいと思うのだが、彼女に言わせると与えられるだけなのは落ち着かないそうだ。

負担にならない範囲でお互いを思いやって暮らす。彼女にとって、それが正しいギブアンドテイクの形なのだという。

実のところ、綾仁は彼女の気遣いを心地よく思っているので、ついついこの状況を受け入れてしまっていた。

詩織は自分をドライな人間と思っているようだが、綾仁の目に映る彼女は、甘えるのが下手な努力家で、無器用な優しさに溢れている。

祖母へのお菓子選びや、家族に対する思いを聞けばそれは十分わかる。

そんな彼女だからこそ、自分は支えてあげたいと思うのだ。

「もう少し、なにか言いようがあるだろう」

詩織との暮らしを一言で片付けて物思いに耽《ふけ》っていると、永太郎が不満げな声を上げる。

祖母に挨拶《あいさつ》するために、今週末は詩織と二人で実家を訪ねることになっていた。気になるならその時に、直接本人と話せばいいと思うのだが。

ちなみに祖母は、詩織の訪問を心待ちにしている。

詩織が選んだお菓子を見た時から彼女を気に入っていた祖母は、相手が綾仁のかつての許嫁《いいなずけ》であることや、すでに一緒に暮らし始めていることを話したらとても喜んでいた。

最初に二人の縁談を進めたのが、今は亡き夫であるだけに『あの人の置き土産《みやげ》みたいね』と涙を流していたそうだ。

「そうですね、彼女はすごく仕事熱心ですよ。今日の企画会議のために、家でもずいぶん勉強していました」

永太郎のもの言いたげな視線に負けて、そう付け加える。

「ほう」

永太郎の顔に笑みが浮かぶ。

父は女性が働くということに理解がある。というか、そういった女性に好感を持っているのだろう。綾仁の母も、長年通訳の仕事をしており、出産後もそれを続けていた。

「お前には、ひろ美《み》さんのようなおとなしい女性より、そういう自分をしっかり持った女性の方が合うんだろうな」

しみじみとした口調で永太郎が言う。

「今さら彼女の名前を持ち出すのは勘弁してください」

綾仁は煩《わずら》わしげに眉間《みけん》を揉む。

彼の言う『ひろ美さん』とは、過去に綾仁が真剣に結婚を考えた女性だ。

彼女は大学時代の同級生で、儚《はかな》く頼りない印象の、男性の庇護欲《ひごよく》を掻き立てるのが上手い人だった。そして、美月波家とはかなり格差のある一般家庭の女性だった。

結婚したいと伝えた時、夏瀬家のことがあったせいか、家族は二人の結婚に強く反対した。

それに納得できなかった綾仁は、どうにか家族を説得し、ようやく本格的に結婚の話を進めようとした矢先、相手に別れを切り出されたのだ。

理由は綾仁とのことを相談していた職場の先輩に心変わりしたから。

その頃の綾仁は、仕事で多忙を極めていた。それでも忙しい時間をやりくりして、二人の将来のために奔走《ほんそう》していた。

けれど彼女は、会えない時間に不安を募《つの》らせ、身近にいる他の男を選んだのだ。

別れ話をする彼女は、心変わりした自分が悪いと謝りつつも、最後は仕事を理由に自分を大事にしてくれなかった綾仁が悪いとこちらを責めた。そして、あっさり他の男と結婚してしまった。

「どれだけ昔の話をしているんですか」

綾仁は心底呆れた声を出す。

両親は、綾仁が恋愛に冷めた性格になったのは、彼女の裏切りに傷付いてのことだと思っているが、実際は全く違った。

ただ単に、恋愛というものが面倒になっただけだ。そんなものに時間を割《さ》くぐらいなら、仕事に集中した方がいいと考えを改めた。

詩織の言葉を借りるなら、経験を通して学習したのだろう。

今さらそんなどうでもいい昔話を引っ張り出してほしくない。綾仁が睨《にら》むことで永太郎を牽制《けんせい》していると、彼のスマホが鳴った。

通話を告げるメロディーに、永太郎は怪訝《けげん》な表情でスーツのポケットからスマホを取り出す。

そして画面に表示された文字を見て、眉間《みけん》に皺《しわ》を刻んだ。

身内の気軽さで横から画面を確認した綾仁も、そこに表示されている名前を見て苦い表情を見せるのだった。

◇　◇　◇

仕事を終え、彼と暮らすマンションに帰ってきた詩織は、着替えて夕食の準備に取りかかった。

今日の会議に備えて、昨日は遅くまで会社に残っていた。

事前にそのことを伝えたところ、綾仁は仕事の打ち合わせを兼ねた会食をするので、夕食は作らなくていいと言った。

彼は何気なくその一言を放ったのだろうけど、それを聞いた詩織は、綾仁が自分を気遣ってスケジュールを調整してくれたことを察した。

それに対する感謝も込めて、今日は手の込んだ料理を作るつもりだ。

一緒に暮らすようになってまだ日は浅いが、なんとなく彼は魚料理が好きな気がする。その推理のもと、今日はキンメを煮付けることにした。

「……ちょっと違うか」

冷蔵庫から取り出した食材をカウンターに並べて、詩織は呟く。

今日の企画会議で、詩織の企画は不採用となった。自分なりにあれこれ頑張っただけに上手く感情を切り替えられず、料理に集中して気分転換をしたいという気持ちがある。

それでも、食べてくれる人がいなければ、仕事終わりに凝《こ》った料理をしようとは思わないから、そういう意味でも綾仁の存在をありがたく思う。

――なんだかんだ言って、綾仁さんとの暮らしを楽しんでるな。

彼との暮らしは、詩織にとって想像以上に快適なものだった。

お互いに自分のペースで過ごしているのだけれど、もともとの生活リズムが似ているのか、相手に対して不快になったりすることはない。

期間が短いので味の好みなどは探り中だが、今のところ詩織の出す料理に不満はなさそうだ。

詩織も彼の好みを探りながら料理をするのは、ゲームをしているようで結構楽しい。

それもあって、こういう結婚なら悪くないと思い始めている。

ぼんやりそんなことを考えながらキンメに切り込みを入れ、軽く塩を振っていた詩織は、ハッとして作業の手を止めた。

――冷静になれ私！　これはギブアンドテイクの契約だ！

心に釘を刺した時、玄関で物音がした。そしてすぐに、綾仁がリビングに姿を見せる。

「お帰りなさい」

自分では愛想良く笑ったつもりだったけど、たぶんぎこちない笑みになっていたのだろう。

「ただいま。企画会議はどうだった？」

自然な流れで投げかけられ、詩織はすみませんと肩を落とす。

「せっかく協力してもらったのに、駄目でした。今後は、今回採用になった企画のサポートに回ります」

明るい口調でそう返して、詩織は夕飯作りを再開する。

自分なりに頑張ったつもりだったけど、選ばれた案の方が確かに美味しそうだったので、結果に不満はない。

ネクタイを緩め、ジャケットをダイニングテーブルの椅子の背にかけた綾仁は、詩織の隣に立ってその髪を優しく撫でた。

「残念だったな」

相変わらず子犬を撫でるような彼の手を、首を動かすことで振り払って軽く睨《にら》んだ。

「私の力不足です」

結果には納得しているものの、やっぱり多少は落ち込んでいた。

そんな自分に、不用意に優しくしないでほしい。

だいたい、自分で人に依存され甘えられるのが嫌だと言ったくせに、綾仁はお構いなしに詩織の髪を撫でてくる。

「ここで諦めたらただの力不足だけど、詩織は今回の頑張りをちゃんと次に活かすだろ？　なら、今日くらいは素直に悔しがっていいと思うぞ」

男らしい彼の手が頭の上に載っているせいで、自然と視線が下がる。

「俺にしてほしいことはあるか？」

ねぎらうように優しく髪を撫で、柔らかな声でそんなことを言われると、思わず甘えてしまいそうになるからやめてほしい。

――私ばかり、綾仁さんに助けられている。

ギブアンドテイクと言いながら、未だに自分はたいして彼の役に立てていないことに歯痒《はがゆ》さを覚えた。

「ありません。そんなことより、週末は綾仁さんのおばあさまにご挨拶《あいさつ》に行きますよね。お土産《みやげ》はお菓子より、フルーツとかの方がいいですか？」

綾仁の手から逃れた詩織は、なんでもないような顔で尋ねる。

彼は企画会議に集中できるように、祖母との顔合わせの日程を先延ばしにしてくれた。今度は詩織が、彼のために精一杯、良きパートナーを演じる番だ。

そう思ってやる気を見せる詩織に、今度は綾仁がぎこちなく笑う。

「そのことだが、今日の昼、祖母の主治医から電話があって、先日した検査の数値が芳《かんば》しくないから一度入院させたいと言われた」

「えっ」

驚きの声を漏らす詩織に、綾仁は容態が急変したというわけではないが、高齢なので入院して経過観察をしながら投薬治療をするのだと説明する。

「一週間くらいの入院になるから、悪いが顔合わせはその後にさせてほしい」

「私は構いませんが、お見舞いに行きますか？」

詩織の提案に、綾仁は首を横に振る。

「治療中は免疫力が落ちるから、見舞いは控えてほしいそうだ。それに祖母も、体調を整えてから詩織に会いたいと言っている。だから週末は君の好きに過ごしてくれ。俺も適当に過ごすから」

それだけ話すと、彼は椅子の背にかけていたジャケットを手に取る。

着替えに行くだけだというのはわかっているけれど、その背中がひどく寂しそうに見えて詩織の胸をせつなくさせた。

祖母の体調を気遣う姿が、母を亡くした時の自分に重なる。

いつも身近に感じていた家族との別離は、体の一部が失われるような虚無感《きょむかん》を覚えた。あの苦しみを、彼に味わってほしくない。

「……綾仁さん」

名前を口にした時には衝動的な感情に突き動かされて、背後から綾仁の体を抱きしめていた。

「──っ」

突然抱きつかれて彼が驚いているのが、頬をあてた背中の動きで伝わってくる。

戸惑うのも無理はない、自分たちはこんなふうに触れ合う関係ではないのだから。

詩織だって、どうして自分がこんなことをしたのかわからない。

それでも、そうせずにはいられなかったのだ。

冷静に考えれば、彼の祖母は少しの間入院するだけなのに。

「あの……週末は、気分転換にどこかに連れていってもらえませんか？　珍しいスイーツが食べられるお店とかだと、すごく嬉しいです……」

自分の取った行動を上手く説明できず、詩織はしどろもどろにそう提案する。

それはそれで、詩織らしくない行動なんだけど。

「もちろん、綾仁さんがゆっくり過ごしたいなら、それでも……」

徐々に口調が弱腰になるのを感じながら、詩織は抱きついていた手を解こうとする。

しかし綾仁の手が、詩織の手を掴んでそれを阻《はば》んだ。

「わかった。暇だし、気分転換に付き合おう」

そう言って、綾仁は詩織の手を上からポンッと叩いた。そこから彼の優しさが伝わってくる。

「ありがとうございます」

詩織は今度こそ腕を解こうとしたけれど、綾仁が力を込めてその手を引き留めた。

でもそれは一瞬で、すぐに彼は詩織の手を解放する。

「ありがとう。君がいてくれてよかった」

詩織にそう声をかけて、綾仁は今度こそリビングを出ていった。

自分はなんでもないふうに落ち込んだ詩織を励《はげ》ましてくれるのに、詩織が気遣うとお礼を言ってくれる。

「それは、私の台詞《せりふ》です」

彼のように素直にお礼を言えない自分を恨めしく思いつつ、誰もいなくなった部屋で、詩織は一人呟いた。

6　旅の夜に

その週の土曜日。綾仁の運転する車の助手席に座る詩織は、左の肩をドアに預けてカーブを曲がる際の遠心力を楽しんでいた。

「流しそうめんって、こういう気分なんですかね？」

「なんだそれ」

窓の外の景色を眺める詩織の呟きに、ハンドルを握る綾仁がツッコむ。

詩織は素直な感想を述べたつもりだったのだけど、ツボに入ったのか綾仁はクスクス笑いを続けている。

それでもハンドルを握る彼の運転は危なげなく、滑《なめ》らかな動きでカーブの続く下り坂を進んでいった。

二人は今、綾仁の運転で伊豆にある旅館を目指している。

これまでの人生で旅行を楽しむ機会のなかった詩織は、都会の生活で目にすることのない道中の景色にひたすら目を奪われていた。

目的地に向かう道すがら、自然豊かな渓谷《けいこく》にある二重構造のループ橋を通っているのだが、高い位置から低い位置へ大きな円を回りながら下りていく車の動きは、なんだかジェットコースターに乗っているような気分になる。

普通、橋と言えば川の上や渓谷《けいこく》の間をまっすぐ伸びているものだと思っていたけれど、この橋は高低差を一気に移動するために作られたそうだ。

こんな形の橋は生まれて初めて見たので、つい大人げなくはしゃいでしまった。

ドライブ中の雑談として綾仁が教えてくれた話によれば、ここまで綺麗な二重のループを描く橋は珍しいのだという。

橋を下りた車が普通の道に入ると、詩織は名残惜《なごり》しげに背後を振り返った。

「気分転換にどこかに連れていってくださいとは言いましたけど、まさか旅行に行くとは思いませんでした」

どこかに連れていってほしいと言ったのは自分なので、もちろん文句を言うつもりはない。ただ詩織としては、祖母の入院で彼の気持ちが塞がないよう、軽い予定を入れるだけのつもりだった。

それなのに綾仁は数日の間に、旅行の計画を立て宿の予約まで済ませていた。

「どうせ出掛けるなら遠出した方が楽しいだろ。自社製品の性能チェックと俺たちの親睦《しんぼく》を兼ねて、旅行も悪くないと思ってな」

伊豆に行こうと言われた時はかなり驚いたけど、そういう理由なら拒否する理由はない。

せっかくの遠出なので、ぜひともご当地銘菓を堪能させてもらうつもりだ。

宿は温泉が有名な老舗《しにせ》旅館を予約してくれたそうだが、一人部屋がないという。綾仁から二部屋取るかと聞かれたが、今まで寝室が別とはいえ同じマンションで暮らしているのだから、ベッドが別なら問題ないと答えた。

自分たちの間に恋愛感情はないのだし、過剰反応していると思われるのも恥ずかしい。

「ところで、なんでいきなり伊豆旅行なんですか？」

「ああ、それはあの日食べた魚が美味しかったからだ」

指の腹でハンドルを叩く綾仁は、伊豆はキンメが有名なんだと付け足した。

「じゃあ、あの日の夕食が蕎麦《そば》だったら、旅先は長野だったんでしょうか？」

詩織の言葉に、綾仁は「それも悪くないな」と笑う。

「せっかくだから、お互いに楽しい時間を過ごしたいと思ったんだ」

綾仁が優しい声で言う。

「え？」

「詩織が俺を気遣ってくれたのが嬉しかったんだよ。だから、どうせなら二人で楽しみを共有できるなにかをしたいと思ったんだ」

そうして出した答えがこの旅行なのだという。

あの日、彼にどこかに連れていってほしいと言ったのは、その後ろ姿がひどく頼りなく見えて、衝動的に抱きついた自分を取り繕《つくろ》ってのことだ。

そんなふうに改めて感謝を伝えられると、なんというかむず痒《がゆ》い。

「別に、こんな遠出しなくても近場でよかったのに」

感謝されたのが恥ずかしくて、可愛げのないことを言ってしまう。

そんな詩織を、綾仁は高らかに笑い飛ばした。

「天気もいいし、こういうタイミングでもないと、お互いの将来についてゆっくり話し合うこともできないだろ？　最初こそ勢いに任せた提案だったが、俺としてはこのまま君と結婚したいと思っている。そのために必要な条件をドライブを楽しみながら改めて話し合わないか？」

さっきまでの陽気な雰囲気とは違い、落ち着いた口調で話す綾仁に、詩織は居住まいを正した。

彼から契約結婚としか言いようのないプロポーズをされてから、まだ一ヶ月も経っていない。

それなのに自分は彼のマンションで共に暮らし、思っていた以上に心地よい時間を過ごしている。

それはたぶん、まだお互いに深く踏み込まず、譲り合っているところが多いからだ。

彼の言うとおり、これから夫婦として長く一緒に暮らしていくのなら、お互いに譲れない条件をきちんと話し合っておいた方がいいだろう。

「わかりました。ではまず、これまでどおり二人の関係は恋愛感情なしのただの同居人として扱ってください」

開口一番そう宣言してしまうのは、最近彼と一緒にいるとなんだかそわそわしてしまうからだ。

自分は恋愛に興味なんてないし、本来なら綾仁のようなイケメンには間違っても近付いたりしない。

そんな自分の信念を曲げてまで綾仁と暮らすことにしたのは、彼と利害関係が一致しているからに他ならなかった。

これからも彼と暮らしていくのなら、詩織自身が自分に課した決まり事を忘れてはいけないのだ。

それを聞いた綾仁は、一瞬なにか言いたげな顔をした。でもすぐに「わかった」と頷く。

——わざわざ宣言しなくても、私相手にそんな感情を抱《いだ》くはずがないとか思ってたりする？

だとしたら、彼の目に自分はかなり自意識過剰な存在に映っているだろう。

それでも条件の確認は大事だと考え直し、詩織は思いつくままに今後の希望を綾仁に告げていった。

◇　◇　◇

自然豊かな遊歩道を歩く綾仁は、隣を歩く詩織の様子をそっと窺う。

お互いダウンジャケットを羽織り、きちんと防寒はしているが海が近いため吹く風が冷たい。足元から寒気が上《のぼ》ってきて、体の芯から冷えていく感じだ。

寒いので暖房の効いた室内をメインに観光を楽しむつもりでいたのだが、詩織にせっかく伊豆まで来たのだから、その土地ならではの自然を楽しめる場所を散策しようと誘われた。

綾仁自身は寒くても体を動かす方が好きなので構わないが、気まぐれに吹く寒風に彼女の髪が躍るのを見ていると心配になる。

「寒くない？」

こちらの視線に気付いた詩織が顔を上げたので、つい確認してしまう。

「大丈夫です」

詩織は顔にかかる髪を掻き上げて笑った。

実際、彼女は女性にしては体力がある方なのだろう。自然の地形そのままのアップダウンが続く道も、息を乱さず歩いている。

「君が甘いものを食べても太らない理由がわかったよ」

綾仁の言葉に、詩織は嬉しそうに胸を張る。

「運動して鍛《きた》えてますから」

確かに白い息を吐きながらしっかりした足取りで歩く姿は、誰かに依存することなく自立して生きていきたいと話す彼女の生き方そのもののようで、見ていて清々《すがすが》しい。

そう思う反面、少しつまらなく感じるのは何故だろう。

自立心旺盛《おうせい》な彼女の性格を好ましく思って契約結婚を持ち掛けたのに、こちらが望んだとおり少しも自分に頼るところのない姿を見ていると、言いようのないもどかしさを覚える。

あれだけ依存心の強い女性に頼られるのを煩《わずら》わしく思っていたのに、全く頼られないと支えたくなるなんて、我ながら捻《ひね》くれた性格をしている。

――ちょっと、違うか。

紅葉した葉の隙間から射す日差しに目を細める詩織の横顔を眺め、綾仁は軽く首を振った。

学生時代の恋人と別れて以降、自分は結婚には向かないのだと悟り、女性との真剣交際を避けてきた。

けれど詩織と出会い、彼女の『上手くいくかどうかは、ギブアンドテイクの配分によるんじゃないですか？』という言葉のおかげで、結婚に対するこれまでの価値観が変わった。

自分の力で人生を切り開こうとする詩織となら、夫婦としてやっていくのも悪くないと思えたのだ。

いざ一緒に暮らし始めてみると、綾仁が思っていた以上に詩織との暮らしは快適なものだった。

そして今は、このまま彼女と人生を共にしたいと考えるようになっている。

これまでそれなりに恋愛経験を重ねてきた綾仁には、当然自分が詩織に対して抱《いだ》く感情がどういったものであるかは理解している。

だからこそ、この関係に恋愛感情を求めていない詩織に打ち明けるわけにはいかない。

最初から、彼女は綾仁にあからさまな苦手意識を見せていた。

それでも契約に応じたのは、綾仁が出した条件に魅かれたからにすぎない。

詩織は誰かに頼ることなく、自分の足でどこまでも歩いていける人だ。

だからもし、綾仁が彼女の言うギブアンドテイクの配分を崩して愛情を求めれば、彼女は自分のもとを去るだろう。

今の自分は、もう彼女のいない生活なんて考えられない。

詩織が自分に恋愛感情を求めていないのなら、胸に抱える感情は表に出さないから、どうか側にいさせてほしいと願う。

「キャッ」

一際強い風が吹いて、詩織も綾仁も腕で顔を防御して動きを止める。

「大丈夫？」

吹き付けられた砂や砂利が頬に当たり、微かな痛みが走る。

風が吹き抜けるのを待って目を開けると、彼女の髪に飛ばされてきた枯れ草が引っかかっているのが見えた。

本人も、なにか違和感があるのだろう。

手で髪を払っているが、上手く枯れ草を探り当てられずにいる。

「じっとして」

綾仁がそう声をかけても、詩織は動きを止めない。

それがもどかしくて、綾仁は彼女の手首を掴んで動きを止めた。

「俺は君の敵じゃないんだから、一人で全てを解決しようとするな」

そう言うと、詩織はやっと腕を下ろした。

「すみません。ちょっと……」

なにが『ちょっと』なのかはわからないけど、視線を落としたままそんなことを言う。

おとなしくなったので、綾仁は詩織の柔らかな髪に触れた。

彼女の髪に引っかかっていた枯れ草は、彼女が髪を掻き回したことでいくつかの破片に分かれて髪に絡まっている。

「素直に俺に任せればいいのに」

そう呟いて髪に絡まった草を取り除いていくと、詩織が上目遣いにこちらを見てくる。

どうかしたのかと、手の動きを止めて彼女の言葉を待つと「また犬扱いしてますか？」と、聞かれた。

「ああ……」

そういえば以前、衝動的に彼女に触れた理由をそう話したのを思い出す。

あの時の自分は、ただ詩織に触れたかったのだ。だけど、その思いを正直に口にするわけにはいかず咄嗟《とっさ》にそう嘘をついた。

「バカだな」

苦く笑って、綾仁は髪に触れていた手を、彼女の頬へ移動させた。

優しく彼女の両頬を包み、そのまま視線を上向かせる。

そんなことをされるとは思っていなかったのだろう。自分を見上げる詩織の瞳は戸惑いに揺れているが、それに気付かないふりをして顔を寄せる。

「――っ」

二人の距離が縮まる気配に、詩織の体がビクッと跳ねるのを感じて、綾仁は首の角度を変えて彼女の耳元に顔を寄せた。

「うちの犬はもっと素直で可愛かったよ」

そう囁《ささや》いて顔を離すと、ポカンとした顔をする詩織と目が合った。

もちろんそれも嘘だ。

彼女に触れたいという衝動を抑えられなくなってきているから、冗談ぽく見せかけて二人の距離を測っているのだ。

今だって、彼女が怯《おび》えた様子を見せなければ、そのまま唇を重ねていただろう。

でも彼女がそれを望んでいないとわかるから、これ以上距離を詰めることなく、欲望を冗談にすり替える。

数秒遅れでからかわれたと理解した詩織は、ムッとした表情で綾仁の胸を押した。

「犬と一緒にしないでください」

不機嫌にそう言って、詩織は歩き出す。

自惚《うぬぼ》れでなく、今もそれなりに女性にモテる自信はある。だが彼女の前では、そんなことはなんの価値もないらしい。

いっそ少しぐらい鈍感な方が、流れに任せて男女の関係に持ち込めたのかもしれないが、自分にはそれができない。

「悪かった。苺パフェを奢《おご》るから許してくれ」

軽い口調で謝りながら、その背中を追いかける。

追いついた詩織は、からかわれたのがよほど悔しかったのか、耳まで赤くなっている。

その横顔を見たら、今さらながらに、自分は彼女に惚れているんだと理解した。

◇　◇　◇

その日の夜、源泉掛け流しの温泉を堪能した詩織は、旅館の共有スペースの籐《とう》椅子に腰を下ろして窓の外を眺めていた。

温泉の蒸気に煙《けむ》る夜の庭はかなり寒そうだが、館内は暖房が効いている。

「なんか優雅な気分」

海の幸と山の幸の両方をふんだんに使った宿自慢の夕食もとても美味しかったので、つくづくそう思う。

多少戸惑うことはあったが、旅行に来てよかった。

詩織一人ではそもそも旅行に行こうなどと考えないし、もし遠出したとしても、老舗《しにせ》旅館に泊まるという発想がない。

基本的には他人に頼ることなく生きていきたいと思っている詩織だけれど、自分にない発想を与えてくれるという意味では、誰かと暮らすのも悪くないと考えを改める。

それはもちろん、気兼ねなく接することができる相手に限られるのだが。

そういう意味で、綾仁は同じ家で生活することに、少しもストレスを感じない。

ここまで車を走らせる道中、お互いの将来について話し合ったので、これからはより快適に暮らしていけるだろう。

――とはいえ、犬扱いだけはやめてほしいけど。

女性慣れしているモテ男からすれば、軽い接触は無意識の行動なのだろう。

それこそ、昔可愛がっていた犬を愛《め》でるような気分に違いない。

だがそういったことに慣れていない詩織は、反応に困る。

桁外れのイケメンに触れられる度に、無駄にドキドキしてしまうのだ。

「今日だって……」

そう呟いて、詩織は自分の唇を撫でた。

詩織の髪に絡まった枯れ草を取ってもらった流れで、綾仁にキスされるかと思って緊張した。それなのに向こうは、詩織より彼の犬の方が素直で可愛いと言ったのだ。

別に彼に可愛いと思ってほしいわけじゃないけど、からかわれて妙に腹が立った。

なにより腹が立つのは、詩織に綾仁を拒《こば》む気がなかったことだ。

自分から恋愛感情のないただの同居人を希望しておきながら、彼のキスを受け入れようとするなんて、どうかしている。

相手にその気がなかったおかげで、寸前で踏み留まれて本当によかった。

――きっとこれは、旅行でハイになっている脳が誤作動しているに違いない。

なにせこれまで、修学旅行くらいでしか旅をしたことがないのだ。多少浮かれていても仕方ない。

普段の自分なら、彼とキスしたいなんて絶対に思わない！

らしくもない己《おのれ》の行動にそう理由をつけて、無理やり自分を納得させた時、隣の椅子に誰かが座る気配がした。

見ると当然のように綾仁が座っている。

「温泉は楽しめたか？」

そう聞きながら、綾仁が缶ビールを差し出してきたので、お礼を言って受け取る。

「露天風呂良かったですよ」

素直な感想を告げて、詩織は缶を開けた。

炭酸が吹き出す音を心地よく聞きながら、そのまま缶に口をつけると火照《ほて》った体にビールのほどよい苦味が浸透《しんとう》していく。

隣で綾仁も缶を開け、喉を鳴らしてビールを飲む。

「こっちの露天風呂も良かった。男性風呂と女性風呂は一日おきに入れ替わるらしいから、明日の朝風呂に入ると今日とは違う景色が楽しめるぞ」

「そうですね」

そのまま二人でビールの缶を傾けながら、他愛ない会話をする。

しばらくして缶が空《から》になると、綾仁が詩織に部屋に戻ろうと声をかけた。

ほろ酔い気分で会話を楽しんでいた詩織は、その時間の終わりを少し残念に思いつつ同意する。

立ち上がろうと椅子の肘かけに載せている右手に力を入れると、反動のように左で掴んでいた空《あ》き缶が手から滑り落ちた。

「あ……」

浮かせかけた腰を戻して床を転がる缶を拾おうとしたが、一足先に綾仁が床に膝を突き缶に手を伸ばす。

「あ、私が拾いますよ」

だけどその時にはすでに、綾仁の手が缶を掴んでいる。

「ありがとうございます」

そう言って顔を上げると、思いのほか彼との距離が近くて驚いた。

浴衣《ゆかた》の胸元から覗く引き締まった彼の胸元にドキドキしてしまう。

「自分で拾えたのに」

それを悟られたくなくて、ついつっけんどんな言い方になってしまった。

我ながら可愛げないと思いつつ、綾仁に右手を差し出す。

拾ってくれた缶を受け取るつもりが、なにをどう勘違いしたのか、彼はその手を握って困ったように笑う。

直接触れた彼の体温に、詩織の鼓動が再び大きく跳ねた。

「わかってる。でも俺が拾ってもいいだろ？　そんなムキになるようなことじゃない」

小さな子供を諭《さと》すような優しい口調で綾仁が言う。

「そういうわけじゃ……」

返す言葉が上手く見つけられない。

結果、なんだか拗《す》ねた子供みたいに黙り込む。

「せっかく一緒にいるんだ、全てを自己完結する必要はないさ」

綾仁は何気ない口調で言うが、そんな簡単な話ではない。詩織はあまり器用な性格をしていないので、一度甘えてしまうと、どんどん彼に頼ってしまいそうで怖いのだ。

なにより、彼が依存心の強い女性に甘えられるのが嫌いだと知っているだけに、そんな姿は見せられない。

「でも、私と綾仁さんはそんな関係じゃ……」

「夫婦になろうとしているのに？」

綾仁は軽やかに笑う。

確かにそうなのだけど、下手に甘えて彼に不快な思いをさせれば、この関係は終わってしまうかもしれないのだ。

「じゃあ、詩織にとって、俺はどんな存在？」

握った手を離すことなく、綾仁が問いかけてくる。

落とした缶を拾ってもらっただけなのに、話が妙な方に転がっていっている。

「どうって……」

アルコールのせいだろうか、彼の眼差しに妙な熱を感じる。

そのせいで、鼓動が速まって思考が上手く纏《まと》まらない。

加速する胸の高鳴りを持て余し、詩織は視線を落として肘を引く。でもそれで許してくれるような相手ではない。

「俺のことを、どう思っているのか教えてくれ」

綾仁は甘く掠れた声で「詩織」と名前を呼びながら、握った手を自分の方へと引き寄せる。

そこまで強く手を引かれたわけじゃないのに、詩織の体が前に傾く。

「あっ」

小さな声が零れた時には、バランスを崩した詩織の体は綾仁の胸に抱き留められていた。

浴衣《ゆかた》の胸元をしっかりと合わせている詩織とは違い、くつろいだ綾仁の胸は半分はだけていて、触れた頬から彼の温もりや鼓動が伝わってくる。

彼の鼓動を速く感じるのは、きっと湯上がりにビールを飲んだせいだろう。

見上げれば男性的な喉仏の隆起や首の筋が視界に入ってくるし、視線を落とせば引き締まった胸が浴衣《ゆかた》の隙間から覗いているので目のやり場に困る。

——落ち着け私！

「あ、綾仁さんは、利害関係が一致している理想的なパートナーです」

詩織の言葉に、綾仁の纏《まと》う空気が変わる。上手く言えないけれど、満ちた潮がすっと引いていくように自分に向けられていた熱が消えた気がした。

「そうだな。俺もそう思う。だから、あまりムキにならずに、少しは頼ってくれ」

彼は掴んでいた手首を離すと、詩織の髪をクシャリと撫でて立ち上がる。そのまま二人分の缶を持って、その場を離れていく。

互いの距離が適切なものに戻ったことを安堵するべきなのに、寂しく思ってしまうのは何故だろう。

なんとも言えないモヤモヤした思いを抱えながら、詩織はその背中を追いかけた。

夜中、詩織は閉じた瞼《まぶた》の裏でほのかな明かりを感じて目を覚ました。

音を立てないよう気遣いながらそっと寝返りを打つと、隣のベッドで眠る綾仁の背中が見えた。

そんな彼の向こう側で淡くなにかが光っている。

半分寝ぼけた頭で彼がスマホを操作しているのだと理解した。

あの後部屋に戻ってから、二人で少し飲み直して、それぞれのベッドで眠りについた。

こうやって一緒の部屋で寝ていても、彼が詩織に迫るそぶりを見せることはない。

——じゃあ、さっきのあれはなんだったのだろう？

この旅行中、彼から愛情を向けられていると感じることがしばしばあった。

何気なく肌が触れる瞬間、ふと視線が重なる瞬間、そういった些細《ささい》な一瞬に彼の愛情が見え隠れしているように感じる。

——それともそれは、私の一方的な幻想なのかな？

人は自分に都合のいいように、物事を解釈してしまう生き物だ。

だからそんなふうに綾仁を思ってあれこれ考えてしまうのは、きっと自分の心が彼を求めているからだろう。

最初こそ苦手な伊達男《だておとこ》といった印象だったけど、一緒に生活して彼の優しさに触れた今、惹《ひ》かれないでいられるわけがなかった。

伊豆に向かう車中で、綾仁に結婚生活における希望を確認された際、恋愛感情なしのただの同居人という関係を強調したのだって、自分の本音を隠すための咄嗟《とっさ》の反応だ。

いつの間にか自分は、綾仁を好きになっている。

そうやって自分の心を認めてしまうと、彼にとって自分がどんな存在なのかが気になった。

旅行中、ふとした瞬間に彼も自分に好意を抱《いだ》いてくれているのではないかと感じる瞬間が何度もあったならなおさらだ。

それともそれは、恋に溺《おぼ》れた己《おのれ》の都合のいい幻想なのだろうか？

――綾仁さんが私をどう思っているのか知りたい。

「眠れませんか？」

答えを求めて彼に声をかけた。

「あ……悪い、起こした？」

スマホの画面を消した綾仁が、こちらに体を向ける。

お互い目が覚めているのなら問題ないと、詩織は自分の寝床《ねどこ》を抜け出し、彼のベッドの端に腰を下ろす。

「なにかありました？」

近付くと、光量を絞った薄暗い部屋の中でも彼の表情を確認することができた。少し驚いた表情でこちらを見上げる彼の表情も寝ぼけている雰囲気はない。

「一応、家族から連絡が入っていないか確認していただけだ」

言葉で確認しなくても、彼が祖母の病状を気にかけているのだとわかる。

「大丈夫ですよ」

詩織は腕を伸ばして綾仁の髪をクシャリと撫でた。

「わかっている」

綾仁が小さく頷く。

急にどうこうなるようなことがないとわかっていても、心配してしまうのが家族なのだ。

「わかっていることも、わかっていますよ」

からかい口調で語りかけて、そのまま彼の髪を掻き回す。

整髪料をつけていない綾仁の髪は、詩織の指の動きに合わせてサラサラと揺れた。

彼の存在を指先に感じて、不思議なほど多幸感を覚える。

好きな人に触れたい、触れてほしいと思うのは、人間の本能のようなものなのだろう。

――そう思うのは、私一人だけなのかな？

綾仁が気安く詩織の髪に触れるのは、こちらを女性として意識していないからかもしれない。

――私はこんなに好きになってしまったのに……

もちろん、彼に嫌われているとは思わない。それなりの愛情を、自分に寄せてくれているとは思っている。

それでも詩織が綾仁に向けるのと同量の愛情を、彼にも向けてほしいと思うのは欲張りだろうか。

――もっと私を女性として意識してくれればいいのに。

そんな願いを込めて彼の髪を撫でていると、綾仁にその手首を掴まれた。

「俺は君の飼い犬か？」

くすぐったいように笑う声で、彼が髪を撫でられることを不快に思っていないのはわかる。

「誰にも飼われる気なんてないくせに」

詩織は指に髪を絡めたまま言う。すると綾仁が小さく笑った。

「それは君のことだろ。……俺は、君になら飼われてもいいと思っているが？」

そう言ってこちらを見上げる綾仁は、眼差しで『君は？』と問いかけてくる。

「私は……」

続く言葉を呑み込んで、詩織は綾仁を見つめる。

それだけで十分だ。

掴まれていた手を引かれ、詩織の体は簡単に倒れ込む。

吐息のような小さな声を漏らし倒れた詩織の体を、綾仁は優しく抱き留めてそのまま自分の下へ組み敷いた。

「俺を飼う気も、俺に飼われる気もないくせに」

綾仁は詩織に覆い被さり、その顔を覗き込む。

彼が腕で加重を調整してくれているので、苦しいということはない。

それでも詩織が答えずにいると、彼は答えを迫るように顔を寄せてきた。

視線が重なり、互いの吐息が触れる。

そうやって相手の存在を確かめ合うこと数秒、綾仁は答えを待つことなく唇を重ねてきた。

自然な動きで彼の唇を受け入れた詩織は、言葉を返す代わりに彼の髪に指を絡める。

拒《こば》まれる可能性も考えていたのだろう。

詩織が彼の髪をクシャリと撫でると、安堵したように彼の口付けの濃度が増す。

拒《こば》むはずがない。詩織は誘われているフリをして誘ったのだから。

「詩織」

名前を呼び、詩織の頬に手を添えて何度も唇を重ねる。

綾仁は詩織の唇を甘噛みして、舌を挿入してきた。むしゃぶりつくような濃厚な口付けに、息の仕方がわからなくなる。

彼の口付けに溺《おぼ》れながら、詩織は自分の手を彼の背中に移動させていく。

「……ッ」

縋《すが》り付くように彼が着る浴衣《ゆかた》を握り締め、自分からも彼の口付けに応《こた》える。

「詩織」

唇が解放されたタイミングで綾仁に名前を呼ばれ、詩織は視線を重ねる。

彼の表情に微かな戸惑いの色が見えるのは、自分たちの関係はあくまでも契約に基づいたかりそめの関係だからだろう。

「旅の間くらい、いいんじゃないですか？　お互い酔ってますし」

——貴方を好きだと思っても。

詩織は心の中で付け足す。

彼が自分をどう思っているのか知りたかったはずなのに、いざとなると弱気に襲われる。

望まない答えを聞かされて、気まずくなってしまうより、今はただこの関係に溺《おぼ》れていたい。

「その誘い方はズルいな」

綾仁が苦く笑う。

――ズルいのは、綾仁さんです。

こんなに好きにさせてしまうのだから。

心で彼をなじりながら再び唇を重ねると、綾仁が詩織の存在を味わうように、舌を動かしてくる。

詩織も、自分が誰の腕の中にいるのか確かめるように、彼の口付けに応じていく。

――自分らしくない。

それがわかっているのに、彼の側にいると女性としての本能が疼《うず》くのだ。

触れたい、触れられたいと、蝶《ちょう》が花の香りに引き寄せられるように、抗《あらが》いがたい衝動に駆られる。

「ん……ふぁ…………ぁ」

舌を吸われ、歯列を舐《な》められ、鼻に抜ける甘い声が漏れる。

詩織が漏らす甘い声に、彼が熱っぽい吐息を漏らした。

そして詩織の頬に添えていた手が、首筋を撫で詩織の胸へと移動していく。

「着痩せするタイプだな」

唇を離し、詩織の首筋に顔を埋《うず》めた綾仁が囁《ささや》く。その声から、雄《おす》としての興奮が伝わってきた。

彼が詩織を求めるのは、ただの男の本能なのかもしれない。

別にそれで構わなかった。

だから今だけは、酔った勢いということにして、この人の胸に甘えさせてほしい。

「それはお互いさまですね」

そう言って、彼の首筋に唇を触れさせる。

普段から均整の取れた体つきをしていると感じていたが、こうやって薄い浴衣《ゆかた》越しに体を密着させると、彼の体がかなり引き締まっていることがわかる。

「一緒に暮らしているのに、お互い知らないことだらけだ」

だから今からそれを知っていく。

そう宣言するように、綾仁は再び唇を重ね、胸に触れている手に力をこめる。

鈍い痛みを感じるほど強く胸を掴まれ、彼の背中に回している手に力が入る。

それは条件反射のようなものだったのに、綾仁はその反応をどういう意味に受け取ったのか、強弱をつけながら執拗《しつよう》に詩織の胸を揉みしだく。

「……綾仁……さん」

重ねた唇の隙間から、小さな声で彼の名前を呼ぶ。

その声に応じるように、顔を上げた綾仁は肘をついている方の指先で詩織の唇を撫でた。

互いの唾液で濡れた唇を指で撫でられる感覚に、肌が甘く痺《しび》れる。

「俺がどういう男か、君に教えてもいいか？」

挑発的な笑みを浮かべる彼は、艶《つや》っぽく男の色気に溢れている。

「はい」

小さく頷くと、「言質《げんち》は取ったからな」と、詩織の浴衣《ゆかた》の合わせ目に手を掛け、肌を露《あら》わにする。

「あっ」

拒《こば》むつもりはなくても、羞恥心《しゅうちしん》は抑えられない。

詩織は彼の浴衣《ゆかた》を掴んでいた手を離し、腰を捻《ひね》って自分の胸を隠した。

その隙に、綾仁は彼女の腰に跨《また》がった姿勢で上半身を起こし、自分の浴衣《ゆかた》を脱ぎ捨てる。

そして詩織の浴衣《ゆかた》の帯を解き、再び彼女の上に覆い被さってきた。

中途半端に腰を捻《ひね》った姿勢の詩織の肩に、綾仁が口付けてくる。

「逃げるな。俺がどういう男か教えると言ったはずだ」

肩を引かれて、詩織の体が上を向く。

再び自分の上に覆い被さる彼は、飢《う》えた獣《けもの》のような目をしていた。

「あ……」

初めて目にする彼の雄《おす》としての表情に、詩織は小さな声を漏らした。

「俺の腕の中で乱れる君の顔が見たい」

そんなことを彼がいつから考えていたのか、想像もつかない。それでも『乱れる』という言葉にこれから自分がどうなるのか想像して怖くなる。

説明のつかない恐怖に身を硬くする詩織の頬を撫で、綾仁は甘く囁《ささや》いた。

「今だけは、素直な表情を見せてくれ」

顔を寄せて甘い声でねだる。しかしその後に続いた口付けは、容赦のないものだった。

「んん……」

優しく舌を吸われ絡められる。先ほどまでの口付けが稚拙《ちせつ》に思えるほど濃厚な舌での愛撫《あいぶ》に、唇の隙間からくぐもった声が漏れる。

綾仁は口付けで詩織を翻弄《ほんろう》している隙に、彼女のショーツを脱がしてしまう。

帯を外された浴衣《ゆかた》は、もはや肌を隠す役には立っていない。逆に腕にまとわりついて、詩織の動きを妨《さまた》げる。

「綺麗な肌をしているな」

上半身を起こした綾仁が、詩織の頬を撫でる。

「あ……やぁ」

彼の視線がどこに向けられているのかを感じ、詩織は自分の胸を両手で隠そうとした。でもその手を綾仁が掴み、そのまま片手で詩織の頭の上に押さえ付ける。

抵抗する術《すべ》もなく無防備に彼に胸を晒《さら》しているのが恥ずかしい。

「そして、可愛い反応を見せる」

「恥ずかしいから、そういうのは……」

反応に困った詩織が視線を逸らしてそう言うと、綾仁に顎《あご》を持ち上げられた。

そして詩織の目をまっすぐに覗き込み「恥ずかしがらせるために言っているんだ」と、熱っぽい声で囁《ささや》く。

「その方が今日のことを忘れないだろ？」

そう言って耳朶《じだ》を噛まれると、腰をぶるりと震わせ詩織の体から力が抜けていく。

「あ……」

彼女の顎《あご》を掴んでいた手が離れ、胸の愛撫《あいぶ》が再開された。

柔らかな乳房を揉みしだかれ、胸の先端を指の間に挟んで引っぱられる。刺激を与えられる度に、詩織の体は敏感な反応を示していく。

「あっ……やぁ……っ」

甘く激しく肌を刺激され、その度に体を跳ねさせる詩織を宥《なだ》めるように、綾仁は首筋を舌で愛撫《あいぶ》した。けれど、それがまた詩織を悶《もだ》えさせる。

彼の情熱的な愛撫《あいぶ》に、詩織の思考は甘く霞《かす》み、せつない吐息を漏らした。

まだ胸を愛撫《あいぶ》されただけなのに、腰が蕩《とろ》けそうに熱い。

下腹部の甘い疼《うず》きを持て余して、詩織が無意識に腰をくねらせると、綾仁が顔を上げ意地悪な眼差しを向けてくる。

「それは、俺へのおねだりか？」

「違ッ」

詩織が否定の言葉を言い終わる前に、彼の手が詩織の下肢へと移動する。

無骨な彼の手が下肢の間にねじ込まれ、そのまま詩織の敏感な場所に触れてくる。

「あぁぁっ」

滲《にじ》み出していた詩織の愛液を絡めた指がヌルリと動く。

それだけで軽く達してしまった詩織は、せつなげな息を吐いて悶《もだ》えた。

だけど綾仁は、それくらいのことでは満足してくれない。

「いつから濡らしていた？」

指を淫《みだ》らに動かしながら、詩織の目を覗き込んでくる。

「……」

詩織が答えられずにいると、綾仁は彼女の目を見つめたまま花弁を押し開き、膣の中へ指を沈めてくる。

ツプツプと沈み込む指の感覚に、詩織は背中を弓なりに反《そ》らした。

「ふぁハアッ……あぁっ」

愛液を潤滑油《じゅんかつゆ》に滑《なめ》らかな動きで挿入された指は、そのまま詩織の媚肉を擦り始める。

自分でも濡れている自覚はあったけれど、彼の指の滑《なめ》らかな動きで、想像以上に愛液を滴《したた》らせていたのだと思い知る。

しばし膣を指で揉みほぐしながら胸の尖りを舌で愛撫《あいぶ》していた綾仁が、顔を上げて聞く。

「感じる？」

視線を合わせたままそんな質問をされても、恥ずかしくて答えられるはずがない。

それを承知の上で、綾仁は「この後、どうしてほしい？」と、意地悪な質問を投げかけてくるのだ。

「……ッ」

もちろんそれにだって、恥ずかしくて答えられない。

綾仁は詩織のそんな反応も織り込み済みだったのだろう。ニッと口角を上げ、詩織の耳元に顔を寄せて熱っぽい声で言う。

「じゃあ、この後は俺に決めさせてもらおう」

言葉巧みに、綾仁は詩織の気持ちを捕らえていく。そのズルさまでもが愛おしい。

詩織が抵抗しないのを確認して、綾仁は頭の上で押さえ込んでいた彼女の手を解放した。

強く押さえ込まれていて微かに痺《しび》れる手を動かそうとしたら、綾仁がその手を片方取り、手の甲に舌を這《は》わせながら命じる。

「詩織、膝を曲げて脚を開いて」

「え？」

快楽で頭が上手く働かない詩織は、とろんとした表情で彼を見上げた。

こちらを見下ろす彼の表情は、詩織の知らない男の顔をしている。

普段から詩織をからかって遊ぶようなところはあったが、ベッドでの彼は全く違った。甘く意地悪に、詩織を乱していく。

彼の目に魅了された詩織がおずおずと膝を曲げて脚を開くと、綾仁は掴んでいた詩織の手を誘導して彼女の膝裏を持たせる。もう一方の手も、同じ体勢を取るように促《うなが》された。

膝の裏に手を回して股を広げる格好は、自分から進んで彼に恥部を晒《さら》しているようで、かなり恥ずかしい。

だけど自分を見つめる彼の眼差しに魅了されて、拒《こば》むことができない。

普段の詩織なら、自分から男を誘うようなことはしないが、彼に求められていると思うと、従ってしまう。

「いい子だ」

詩織の頬を撫でた綾仁が、顔を下へと下げていく。

その動きが示しているものを察知して、詩織の奥から新たな蜜が滴《したた》る。

「……ぁっ」

とろりと物欲しげに蜜を垂らす自分の恥部を見られたかもしれない。

そう思うと羞恥心《しゅうちしん》でどうにかなってしまいそうになる。

それなのに、彼の舌が自分の蜜を啜《すす》り上げた瞬間、詩織の背筋を甘い電流が貫いた。

両手で陰唇を押し広げ、クチュクチュと淫《みだ》らな水音を立てながら、綾仁が詩織の愛蜜を啜《すす》る。

舌での愛撫《あいぶ》は、先ほどまでの指での愛撫《あいぶ》とは比べものにならない悦楽《えつらく》を詩織に与えた。

しかも綾仁が貪欲《どんよく》に詩織の蜜を求めて顔を動かす度に、彼の鼻が詩織の一番敏感な場所を刺激するのだから堪《たま》らない。

「あッやっ……ダメっ……もうやめてっ」

男性経験が初めてというわけではない。

それでも女性の弱い場所を知り尽くした彼の責めは巧みで、詩織の思考を淫《みだ》らに染めていく。

口で拒絶の言葉を繰り返しながら、彼の愛撫《あいぶ》に恥部を濡らす姿は滑稽《こっけい》でしかない。

だから綾仁は、詩織の訴えを無視して舌を動かし続ける。

腰がガクガクと震えて、視界にチカチカした光が舞う。

快楽に翻弄《ほんろう》されて思考が纏《まと》まらない。

不意に視線を上げた綾仁が詩織を見つめる。

「どうしてほしい」

「それは……」

そんなこと聞かなくてもわかっているはずなのに。

それでも彼は、詩織に言わせたいのだ。雄《おす》としての自分を求める一言を。

詩織が膝裏に回していた手を離して、そのまま中途半端な位置まで高く上げると、綾仁は自分から詩織の手に頬を触れさせる。

重なる眼差しは、お互い情欲に染まっていて、淫《みだ》らに誘い合っている。

「綾仁さんに抱かれたい」

それが詩織の精一杯だ。それなのに彼は満足せず、さらに詩織を追い込む。

「どんなふうに？」

その問いかけに、詩織の頬が朱に染まる。

お互いにわかっている答えを敢えて確認しなくてもいいと思うのだが、彼は許してくれない。

「は……激しく」

羞恥心《しゅうちしん》を堪《こら》えて詩織がそう答えると、綾仁が勝者の笑みを浮かべた。

「いいだろう」

口元を蜜と唾液で濡らした彼は、体を起こしベッドを抜け出す。

快楽に思考が蕩《とろ》けている詩織は、薄暗闇の中、気配で彼が荷物を漁《あさ》っているのを感じた。

避妊具を取りに行ったみたいだが、彼が自分との旅行にそんなものを持ってきていたことに驚く。

「詩織」

一瞬意識が遠のいていたのか名前を呼ばれてハッとする。

詩織の脚を押し広げ体を寄せてくる彼の昂《たかぶ》りが、詩織のももに触れる。

「あっ」

角度を調整するために自分のものに添えていた手で、熱く熟している詩織の肉芽を転がす。

その刺激に、詩織は小さな悲鳴を上げて彼の背中に腕を回した。

「そのまま素直に感じていろ」

綾仁が甘い声で命じ、雄《おす》としての昂《たかぶ》りを詩織の中へと沈めてくる。

「……ぁあっ」

熱くて硬い彼のものが自分の中を擦る感覚に、詩織は熱い息を吐く。

見上げると、彼が唇を重ねてきた。

舌を絡めて、詩織の吐息を味わいながら隙間なく腰を密着させる。

彼のものは硬くかなりの重量があり、微かな痛みを伴って詩織の内側を支配していく。

隙間なく二人の腰が密着した状態で、覆い被さる彼の体重を感じていると、愛おしさで胸がいっぱいになる。

「動いてもいい？」

しばらく動きを止めていた綾仁が言う。

これまで散々翻弄《ほんろう》していたくせに、こちらへの気遣いを忘れない。

そんな彼だからこそ、自分の全てを差し出したくなる。

「……」

詩織が首の動きで返事をすると、綾仁が腰を動かす。

少し腰を引くのに合わせて、彼のものがズルリと膣を擦る感覚に、詩織が熱い息を吐いた瞬間、再び彼のものが押し込まれた。

その動きを繰り返されると、内側から内臓を圧迫される感覚に詩織の体が甘く痺《しび》れていく。

「……ぁ……ふぁぁ……っ」

綾仁に腰を揺さぶられながら、声にならない声を漏らす。

彼が腰をゆする度、粘着質な水音が部屋を満たす。彼の動きが生み出す水音に、詩織の理性が壊れていく。

綾仁の動きが徐々に加速していき、激しい突き上げに視界が揺れる。

勢いよく腰を打ち付けられ、頭の中が真っ白になって、気持ちいいということしか考えられなくなっていった。

「詩織の体、いやらしいな。俺のものを締め付けて、淫《みだ》らに絡み付いてくる」

わずかに眉を寄せて、綾仁が言う。

「や……ぁっ」

そんなふうに言われると、恥ずかしくてしょうがない。

それなのに膣は彼の意地悪な言葉を喜ぶように、収縮する。

体ごと意識が未知の世界に飛ばされてしまいそうな恐怖から、詩織は彼の首筋にしがみつき熱い息を吐く。

「綾仁……さ……綾仁…………」

込み上げる絶頂感に意識が朦朧《もうろう》とする中で、詩織は彼の名前を口にし続けた。

その後に続ける言葉が見つけられないまま、白濁《はくだく》した彼の熱を薄い膜越しに受け止めるのだった。

7　旅のその後

勢い任せの旅行で土日を過ごし、週が明けた火曜日。

詩織は仕事帰りに友人の絵麻と待ち合わせて居酒屋に向かった。

「一ヶ月会わない間に、なんで結婚してるの？」

絵麻は呆れ顔で一杯目のビールを飲む。

「まだ結婚はしてないから」

カウンターに横並びに座る詩織は、相手の言葉を訂正する。

今日は伊豆旅行に行ったお土産《みやげ》を渡したいと絵麻を呼び出したところ、自分も魚が食べたいと騒がれたので、魚料理に定評がある居酒屋に来ている。

元漁師が店主のこの店は、刺身だけでなく炙《あぶ》り焼きも人気だ。雑多な笑い声で賑《にぎ》わう店内は、ほどよく騒がしくて、他の席の声を聞き取るのは難しい。

だからだろう。絵麻は遠慮なく話を続ける。

「でも、結婚するつもりなんでしょ？　そのイケメン御曹司と」

絵麻はこちらにグイッと身を乗り出してくるので、その顔を押し返しつつ「契約結婚ね」と、念を押す。

「……お互いの利害が一致して、恋愛感情なしの同居人として結婚するだけだから」

渋々姿勢を戻した絵麻に釘を刺す。

「友人が愛のない結婚をしようとしている」

「理想的なギブアンドテイクの共同生活よ」

絵麻が、両手に頬を当ててわざと悲壮感漂《ただよ》う声で言うので、すかさず訂正する。

彼と暮らすようになったおかげで、詩織は家族の過干渉とお見合い攻撃から解放され、残業なども自分のペースでおこなえるようになった。

本来はその代わりに、詩織が綾仁の家族の前で仲睦まじいパートナーを演じる予定だったのだけど、それは彼の祖母が体調を崩して入院中のため延期になっている。

とはいえ経過は良好なようで、今週退院するそうだ。ただ年の瀬ということもあり、彼の家族との対面は、年が明けてからということになっている。

「意外と仲良くやってるじゃん」

その感想に詩織が頷くと、絵麻はニヤリと笑ってまたこちらに顔を寄せる。

「気の合うイケメン御曹司との共同生活で、愛が芽生えたりしないの？」

声で絵麻が面白がっているだけなのがわかるので、真面目に答える必要はない。

「だから利害関係が一致した、理想的なギブアンドテイクの関係なだけだって」

本音を悟られないよう冷めた口調で返して、詩織は空《から》になったグラスを揺らしてお代わりを注文する。

あの旅行の日を境に、彼を想う気持ちは日々加速していくばかりである。

だけど綾仁を本気で好きになったからこそ、気軽にその想いを口にすることができなかった。

これでこの会話を終わりにしたつもりだったのに、絵麻はなおも食い下がる。

「でもさぁ、自分の価値観に理解を示してくれる人って、それだけでも好感度高いじゃん。その上イケメン……好きになっちゃうのが普通じゃないの？」

「そういう考え、向こうにも迷惑だからやめて。本当に利害が一致して一緒にいるだけだから」

それは絵麻ではなく、自分自身に言い聞かせるための言葉だ。

『恋愛に自分の人生を左右させない』

その考えは、今も変わらない。

人間関係は全てにおいてギブアンドテイク。これからも綾仁と一緒にいたいのであれば、それ以上を求めてはいけないと思う。

「そんなこと言って、実はその御曹司のこと好きになっていたりして」

「ありえない」

二杯目のビールをカウンター越しに受け取った詩織は、ピシャリと断言する。そしてビールを一口飲んで気持ちを落ち着けた……つもりだったのに、喉を通っていく苦みに旅行でのことを思い出し顔が熱くなる。

「どうしたの？」

ビールグラスを傾けたままフリーズする詩織の姿に、絵麻が怪訝《けげん》な顔をする。

なんでもないと首を横に振って、詩織が言う。

「お互いそういう関係を求めていないからこそ、上手くいっているの。やっと家族に心配かけることなく家を出られたのに、恋愛なんてして今の環境を壊したいわけないでしょ」

その言葉に、絵麻は「いっちゃんらしい」と笑う。長い付き合いだからこそ、絵麻はその発言で色々納得してくれたらしい。

詩織自身、彼に同じだけの愛情を求めて今の関係を壊したくないと思っているので、その思いに嘘はない。

ただ、彼に愛情を求めないのと、彼を愛さずにいることが同義ではなくなっただけだ。

詩織は、彼と肌を重ねた時のことを思い出して、そっと息を吐く。

あの夜、誘われるフリをして誘ったのは詩織の方だ。

本来の詩織は、男女の関係に奔放《ほんぽう》なタイプではない。

そんなふうに曖昧《あいまい》な距離感の男性と肌を重ねたのは、これが初めてのことだが、一夜の夢でも構わないと思うだけの魅力が、彼にはあった。

彼がこちらの誘いに応じたのは、男の性《さが》にすぎなかったのかもしれない。

その証拠に、翌日目覚めた後、二人の間に甘い空気は微塵《みじん》も感じなかった。

というか、気まずくて、詩織がその隙を与えないようにしてしまったとも言える。

朝、綾仁の腕の中で目覚めた詩織は、なにか話しかけてこようとした彼の言葉を朝風呂を口実に遮《さえぎ》り、部屋を飛び出した。

そうして気持ちを落ち着けるためにゆっくり露天風呂に入り部屋に戻った後も、もの言いたげな綾仁の視線に気づかないフリをして伊豆の名産やこの後の予定について一方的に話し続けた。

帰りの車中でも、同様に詩織は他愛ない話をし続けて、彼に昨夜のことについて一切触れさせないようにした。

結局、綾仁が詩織とその件について話し合うことを諦めて今に至る。

彼が自分をどう思っているのか知りたくて誘ったくせに、いざとなると彼の本音を知るのが怖くなる。

それでも心のどこかでは、彼が詩織の言葉を遮《さえぎ》り情熱的な愛の告白をしてくれることを期待していた。

そうすれば、詩織も自分の正直な想いを伝えられる。そんなずるい考えがあったのだけれど、綾仁は途中で詩織と話し合うことを諦めてしまった。

つまり、綾仁にとってはその程度のことなのだろう。

自分でもかなり面倒な性格をしているという自覚はあるけれど、恋愛経験が少ないこともあり、拗《こじ》らせてしまうとその後の対処方法がわからない。

結果、感情だけが空《から》回りして綾仁と一緒にいるとギクシャクしてしまうため、昨日は仕事を口実に遅く帰り、火曜日の今日は、お土産《みやげ》を口実に絵麻を呼び出して飲んでいる。

特に今日はクリスマスイブなので、綾仁とどんな顔をして過ごせばいいのかわからなかったのだ。

絵麻と他愛ない会話をしながら、思考の片隅で綾仁とのことを考えていた詩織は、あの後、二人の間に生じた一つの変化を思い出す。

旅行以降、綾仁に髪を撫でられることがなくなった。

もしかしたら彼は、詩織と距離を取ろうとしているのかもしれない。

――そんなに警戒しなくても、愛情を求めたりしないのに。

彼に与えてもらうばかりの詩織は、今以上に求めることはできないのだから。

詩織は胸に込み上げる苦い感情を、ビールで押し流すのだった。


「ただいま」

絵麻と飲んで、どうにか気持ちを立て直した詩織は、酔いに任せて明るい声でリビングのドアを開けた。

「おかえり」

ソファーから立ち上がって出迎えてくれた綾仁は、すでに私服に着替えている。

部屋の空気も暖まっているので、今日は早く帰ってきていたらしい。

詩織は肩に掛けていたカバンを足下に置いてコートを脱ぐ。

立ち上がった綾仁は、そのついでといった感じで詩織のコートを預かろうと手を伸ばすが、自分たちはそんな甘い関係ではないのでそれを断る。

可愛げのない自分の態度に、綾仁が気を悪くする気配はない。

「友達との食事は楽しめた？」

「はい。綾仁さんは、今日の会食は早く終わったんですか？」

今朝、詩織が仕事帰りに友達と食事をしてこようと思うと話したところ、綾仁に自分も用があるので夕食のことは気にしなくていいと言われた。

それでてっきり、会食の予定でもあるのかと思っていたのだが、こんなに早く帰ってきているということは、違ったのだろうか。

詩織が不思議そうな顔をしていると、綾仁はキッチンに向かいながら言う。

「適当に食事して帰ってきたよ。それより、デザートを食べる余裕はある？」

デザートという言葉に、詩織が反応しないわけがない。

「もちろんです」

言葉につられて、手にしていたコートを近くにあった椅子の背にかけ、キッチンについていく。

詩織が自分についてくるのを横目で確認して、綾仁は控えめな音量で鼻歌交じりに冷蔵庫を開ける。

「これ、詩織が好きそうだから」

そう言いながら彼が取り出したのは、小さな正方形の化粧箱だ。形状からケーキが入っていそうだと思ったら、案の定、綾仁が蓋《ふた》を開けるとクリスマスケーキが顔を出した。

丸いスポンジの周りをビスケットに囲まれたケーキの上には、溢れんばかりに苺が載っている。その上に砕いたピスタチオが散らされていて、食べる前から美味しいとわかる。

「クリスマスケーキ？」

詩織の言葉に、綾仁がふわりと笑う。

「それにこだわる気はないが、ちょうど売っていて美味そうだったから」

彼はそう言うが、箱に刻印されている店の名前を見る限り、クリスマスイブの今日、気紛れに立ち寄って買えるとは思えない。

「いつ予約したんですか？」

詩織の言葉に、綾仁は悪戯《いたずら》が見つかった子供のような、ばつの悪そうな顔をする。

「君がこの部屋で美味しそうにタルトを食べているのを見た日かな」

だとすれば、半月ほど前だ。

「それでも、よく予約が取れましたね」

素直に驚く詩織に、綾仁はますます気まずい顔をする。

「実は、そこのオーナーと知り合いなんだ」

「それだけで、予約なんてできますか？」

いぶかる詩織に、綾仁は肩をすくめる。

「まあ、少なからず俺がミツハ自動車の御曹司ということは影響しているだろうな」

つまり自分の肩書きを利用して、予約をねじ込んだのだろう。

「すみません。私、クリスマスのことなにも考えてなくて」

それは嘘だ。

彼との距離の取り方がわからず、過剰に意識していた。綾仁とクリスマスイブの夜をどう過ごせばいいかわからず、絵麻と飲んで帰ってきたのだ。

困り顔をする詩織に、綾仁が言う。

「俺も別にクリスマスを意識したわけじゃない。ただこういう特別感のあるケーキは、その時にしか食べられないから買ってみただけだ」

その気遣いに感謝すべきなのだろう。けれど、彼が二人で迎えるクリスマスを意識していないということに、なんとも言えない気持ちになる。

結局、あの日を境に変わったものなど自分たちの間にはなく、彼にとっての自分は、今もギブアンドテイクのパートナーでしかないのだ。

それならいつまでも一方的に感情を拗《こじ》らせているのは、詩織らしくない。

これまで散々綾仁に、人間関係は全てにおいてギブアンドテイクが基本だと語ってきたのだから、その言葉どおりにすればいいのだ。

「ありがとうございます。今さらですけど、クリスマスプレゼントになにかほしいものはありますか？」

気持ちを切り替えて、明るい声で聞く。

経済力の違いもあり、なんだかんだで彼に甘える場面が多くなっている。これからは、詩織も彼のためにできることを精一杯返していきたい。

今日はまだイブだ。

彼が同居人として詩織を気遣い、こうやってケーキを用意してくれたのだから、自分もそれに見合ったなにかができないだろうか？

視線を上げると、優しげな表情を浮かべる綾仁と目が合った。

「…………特に、ないかな」

妙に長い沈黙の後、綾仁が言う。

こちらが負い目を感じないよう、気を遣ってなにかリクエストしようと思ったのかもしれない。

「クリスマスのご馳走で食べたいものとかもないですか？」

少しでも彼になにかを返したい。

そんな思いから投げかけた詩織の言葉に、綾仁はいよいよ困った顔をする。

――クリスマスのご馳走とか、発想が子供っぽいとか思われてる？

詩織としては関係修復の第一歩として悪くない提案だと思ったのだが、なんだか急に恥ずかしくなってきた。

顔を赤くして視線を落とす詩織の頭に、綾仁の手がそっと触れる。

「年明けに、家族の前でうんと仲良くしてくれると助かる。ばあさまが君に会えることを、すごく楽しみにしているから」

大晦日《おおみそか》からそれぞれ実家に戻り、年が明けたら新年の挨拶《あいさつ》を兼ねて家族で美月波の家に挨拶《あいさつ》に行くことになっていた。

祖母を安心させるために結婚を決めた彼が詩織に求めるものは、それだけなのだ。

――それならそれで、期待に応《こた》える仕事をしてみせる。

「任せてください」

明るい声で返事をすると、綾仁は詩織の髪をクシャリと撫でる。

「頼りにしている」

綾仁はそう言うと手を離して、ケーキの準備を始める。

「せっかくだし、飲み物はコーヒーじゃなくて、アルコールにする？」

「はい」

背後で食器が触れ合う音を聞きながら、詩織は髪に手をやって彼が触れた部分を撫でた。

以前と同じように髪を撫でられたことが、嬉しくもあり悲しくもある。

「着替えてきます」

詩織はその思いを胸に閉じ込め、その場を離れた。

◇　◇　◇

食器の準備をしながら、背中で詩織がリビングを出ていく気配を追っていた綾仁は、ドアが閉まる音にそっと息を吐く。

改めて、彼女が帰ってこないのではないかと怯《おび》えていたことに気付かされる。

旅先で彼女が自分の誘いに応じてくれたのは、彼女の言葉どおり、本当に旅先の気分だったのだろう。

翌朝以降、必死にその件に関しての会話を避けた詩織の態度を見れば、彼女に自分と恋愛する気がないことはわかる。

サッパリとした思考回路で生きる彼女の性格を好ましく思い、男女の関係を求めないと言ってまで、契約結婚を提案したのは自分だ。

今にして思えば、そこまでして一緒にいたいと思った時点で、自分の気持ちは決まっていたのかもしれない。

もちろん好意を自覚したところで、それが詩織の迷惑になるのであれば、綾仁から迫るつもりはなかった。

それでもあの夜、誘うような彼女の言葉に、欲望が抑えられなかった。

そして肌を重ねたことで、自分がどれほど彼女を求めていたのかを思い知らされた。

愛の言葉を囁《ささや》けないもどかしさから、激しく彼女を求めて、その肌に溺《おぼ》れた。

互いを求め合ったあの夜、彼女と心を通わせることができたと思ったのは、自分の都合のいい妄想だったようだ。

恋は盲目とは、よく言ったものだ。

それからは薄氷《はくひょう》を踏むような思いで彼女が自分に求める距離を計るのに必死で、髪に触れることすら躊躇《ためら》っていた。

だからさっき、何気ないふうを装《よそお》って触れた手を払われなかったことに、どれほど安堵したことか。

――もしクリスマスプレゼントに願うことが許されるなら、自分を愛してほしい。

以前詩織は綾仁に、全ての人間関係はギブアンドテイクだと話したが、こと恋愛において、それは難しい。

なにせ自分は、無償の愛を彼女に受け取ってほしいのだから。

綾仁はそっと嘆息して、二人で過ごすクリスマスイブのためにテーブルを整えた。

◇　◇　◇

年明け、詩織は家族と一緒に都内にある美月波家を訪れていた。

同じ都内でも、神社仏閣の多いエリアに建つ美月波家は、周囲に低層階の建物が多いためか空が広く感じる。

見事な数寄屋門《すきやもん》を構える美月波家は、外観は完璧な和風建築だが、室内は和室と洋室が半々といった造りだった。

「詩織ちゃん、本当に大きくなって」

台所でお茶の準備を手伝う詩織の顔を覗き込み、しみじみとした声を漏らすのは、綾仁の母親である奏子《そうこ》だ。

還暦を迎える年齢とのことだけど、今も現役で仕事をしている彼女は若々しく、溌剌《はつらつ》としている。

目元が綾仁とソックリなので、彼女が笑うとなんだか嬉しい。

詩織は覚えていないけれど、彼女とも子供の頃に何度も会っているのだそうだ。

詩織の両親が離婚した後も両家の交流は続いていたこともあり、婚約者の挨拶《あいさつ》を兼ねた新年の訪問にもかかわらず、かしこまった雰囲気は全く感じない。

そのため、詩織がお茶の準備を手伝うと申し出ると、最初こそ断られたが、すぐに「さっそく娘ができたみたいで嬉しいわ」と快諾してくれた。

そして詩織に手土産《てみやげ》のお菓子の切り分けを任せて、自分はお茶を淹《い》れている。

「小さい頃の詩織ちゃんは、綾仁と圭一君の後を追いかけて……」

そんなことを話しながら、奏子は懐《なつ》かしそうに庭を眺める。そこを幼かった自分たちが駆けていったのだと言いたげだ。

一時思い出を楽しんだ奏子は、詩織に視線を戻して言う。

「あの頃、私と洋子さんは、本当に詩織さんと綾仁を結婚させるつもりでいたから、交流が途絶えたことをとても残念に思っていたの。だから再会した二人が結婚すると聞いて、すごく嬉しいのよ」

そんなふうに手放しで歓迎されると彼の家族を騙《だま》しているようで心苦しい。

「綾仁さんのいい奥さんになれるよう頑張ります」

嘘にならない言葉を選びながら、自分の決意を伝える。

「そんな気負わなくて大丈夫よ。あの子は無駄に丈夫だから、ほっといていいのよ」

奏子が陽気な笑い声を上げた時「えらい言われようだな」と、綾仁が台所に顔を見せた。

「運ぶの手伝うよ」

綾仁はそう言って、小皿に切り分けられたお菓子を盆に載せていく。

「私が運ぶから綾仁さんはゆっくりしていてください」

慌てて詩織がやろうとするのだけど、綾仁は自分がやるから気にしなくていいと言う。

「でも……」

普段、綾仁には助けてもらってばかりいるので、彼の家族の前でくらい良きパートナーでいようとしているのに。

「詩織さん、綾仁にやらせておけばいいのよ。私に自分の恥ずかしい過去を暴露されないか心配して、見張りに来ただけなんだから」

奏子の言葉に綾仁が反論しないところをみると、正解だったらしい。

「詩織さんに逃げられたらお義母《かあ》さんが悲しむから、結婚するまでは黙っておいてあげる」

そんなことを言って綾仁をからかう奏子は、お茶の準備を整えると、先に台所を出ていく。

去り際に「人の縁というのは、収まるべきところに収まるものなのね」と、しみじみとした口調で声をかけていった。

――それはどういう意味なんだろう？

なんとなく深い意味を持っているような気がして、綾仁に視線を向けると、彼が照れくさそうに微笑む。

「騒々しい人だから、一緒にいると疲れるだろう」

申し訳ないと肩をすくめる綾仁に、詩織はとんでもないと首を横に振る。

「素敵なお母さんですよ」

「そう言ってくれてありがとう」

柔らかな声でお礼を言って、綾仁は盆を持ち上げる。

質問のタイミングを逸《いっ》したのを感じて、詩織はさっき感じた小さな疑問を呑み込み、綾仁と並んで廊下を歩いた。

「今日はありがとう」

「え？」

綾仁に突然お礼を言われて、詩織は目を瞬《またた》かせる。

「君を家族に紹介できてよかったよ。祖母だけでなく、両親も君が俺と結婚してくれることを、心から喜んでくれている」

「そんな……」

自分はそんなふうに感謝される存在ではない。

だけど、そう言って申し訳ないと萎縮《いしゅく》するのは簡単だ。

ここで自分がやるべきことは他にある。

「綾仁さんの自慢の妻になれるよう頑張ります」

「まあ、そのためには夏瀬社長に結婚の許しをもらうのが先だけど」

綾仁が冗談めかして笑う。

そうやって二人でリビングに戻ると、ちょうど綾仁の父が貴彦に二人の結婚について話を向けているところだった。

「詩織ちゃんは、結婚式での衣装は……」

「そういうことは、本当に結婚が決まってからでいいかと」

「ウチの詩織はなにを着ても似合いますから、心配ありませんし」

貴彦がすかさずブロックし、横から圭一も謎の兄バカ発言をねじ込む。

先ほどからずっと、結婚の話題が出る度に、貴彦はのらりくらりと時期を延ばそうとするので、内心ではまだ納得していないようだ。

そんな大人げない父の態度にも、綾仁の両親が気を悪くした様子はない。

その後も、綾仁の父が二人の結婚の話題に触れる度、夏瀬家の父兄は見事な連携プレーで話の腰を折るといったことを繰り返していた。

その不毛なやり取りに、綾仁は肩をすくめて詩織に言う。

「そろそろ、ばあさまのところへ挨拶《あいさつ》に行こうか」

「そうですね」

詩織にとっては、新年の挨拶《あいさつ》よりそっちの方が大事なのだ。

二人で、彼の祖母に挨拶《あいさつ》をしに行くためにリビングを出た。

「おばあさまの、体調はどうですか？」

廊下に出た詩織は、まずそれを聞いた。

今日は一月五日だ。夏瀬家では、毎年三が日は新年の挨拶《あいさつ》に訪れる客の対応で手一杯になっている。それは美月波家も同じで、彼の祖母も古くからの知人の対応をしていたそうで、今日は自室で休んでいるそうだ。

その質問に、綾仁は問題ないと笑う。

「父さんが酒を飲むと、同じ話を繰り返して長くなるから、最初から関わらないようにしているだけだ。酔っ払いに邪魔をされずに、詩織とゆっくり会いたいと言っていた」

「そうなんですね」

先ほどの両家のやり取りを思い出して納得する。

確かにあの状態ではゆっくり話をするのは無理だろう。

並んで歩く綾仁は、一階の奥まった場所にある部屋のドアをノックした。

「ばあさま、入るよ」

中からの返事を確認して、綾仁はドアを開ける。

そのまま部屋に入っていく彼に、詩織も続いた。

暖かな部屋の奥、広い掃き出し窓の前で一人がけのソファーに深く体を沈めていた老夫人が、二人の入室に合わせて立ち上がる。

「綾君の『しいちゃん』に、やっとお会いできたわね。祖母の花恵《はなえ》です」

色白の老夫人がそう言って上品に笑うと、綾仁は右手で自分の顔を覆った。

どうしたんですか……と、聞くまでもない。

以前彼に、子供の頃自分をなんて呼んでいたのか聞いたことがある。

その時彼は覚えていないと答えたが、なんとなく嘘をついているような気はしていたのだ。その答えが、これらしい。

「しいちゃんって、呼んでもいいですよ」

頬を赤らめる彼が面白くてからかうと、綾仁が「呼ぶか」と詩織の髪をクシャクシャと掻き回す。

「もうっ」

――すぐに犬扱いする。

小さな声で抗議して、詩織は彼の手から逃れる。

そのやり取りを見てコロコロ笑う声を聞いて、彼の祖母の前だったことを思い出した。

「す、すみません」

肩をすくめて小さくなる詩織に、花恵はとんでもないと首を横に振る。

「いいのよ。逆に普段の二人の様子が見られて嬉しいわ」

そう話し、花恵は詩織に自分の向かいのソファーを勧め、綾仁には彼が淹《い》れたコーヒーが飲みたいとお願いをする。

綾仁が二人きりにしていいかと視線で確認してきたけど、この数秒のやり取りで彼女のことがすっかり好きになったので問題ない。

「綾仁さんの恥ずかしい思い出話を、いっぱい仕入れさせてもらいます」

詩織が澄ました顔で言うと、綾仁は顔を顰《しか》め、ジェスチャーで祖母に口にチャックをする合図を送る。

でも花恵は、目をクルリと回転させて知らん顔だ。

その茶目っ気たっぷりなやり取りに、改めて彼を育てたのはこの人なのだと実感した。

もの言いたげな視線を残しつつ、綾仁が部屋を出ていくと、花恵は改めて詩織にソファーを勧めてくれた。

「詩織さんは、もう綾仁と一緒に暮らしているのよね？」

花恵がソファーに腰を下ろす詩織に尋ねる。

さきほどの『しいちゃん』呼びは、綾仁をからかうための冗談だったようだ。

「はい。まだ一緒に住み始めて一ヶ月ほどですが、お正月の間会えなかったのを寂しく思っています」

茶目っ気いっぱいの彼女の性格に、クスクス笑いながら詩織は頷く。

気さくな花恵の人柄に心の半分が持って行かれていた詩織は、無意識に零れた自分の言葉に数秒遅れで驚く。

「あ……えっと……」

恥ずかしくなって、手で口元を隠す詩織に花恵は優しく目を細める。

「ありがとう。あの子も、お正月の間、詩織さんに会えないことを寂しがっていたわ」

綾仁にとって詩織は、ギブアンドテイクのパートナーにすぎないのだろうけど、それでも会えない時間、彼もそんなふうに思ってくれていたのなら嬉しい。

――実際は、おばあさまを安心させるために言っただけかもしれないけど。

あまり浮かれてしまわないよう、すかさず自分の心に釘を刺す。

なんにせよ、自分たちを相思相愛と信じて疑わない花恵の姿を見て、やっと自分は役目を果たせたのだと安堵する。

「だったら嬉しいです。……綾仁さんは、いつも私を昔飼っていた犬扱いしますけど」

先ほどのやり取りを思い出し、照れ隠しから発した詩織の言葉に、花恵が不思議そうな顔をする。

「犬？　我が家で動物を飼ったことはないわよ」

「え？」

「私の夫、綾仁の祖父が動物嫌いでね。……綾仁は動物好きで、よく犬を飼っている友達の家に遊びに行っていたから、そのことを言っているのかしら？」

戸惑う詩織に、花恵は少し記憶を探って言う。

「そうなんですね」

そう答えたものの、なんとなく腑《ふ》に落ちないものを感じた。

「息子夫婦はどちらも仕事が忙しいから、本当は犬でも飼えればよかったんだけど、主人は頑固な人だったから。一人っ子のあの子は寂しくしていたんじゃないかしら」

詩織の反応に気付くことなく、花恵はしみじみとした口調で言う。その言葉には、詩織も納得がいく。

「綾仁さんは、優しい人だから」

彼と過ごす日々を思い出して詩織が言う。

素直な思いを滲《にじ》ませた詩織の言葉に、花恵が微笑む。

「人を思いやる優しいあの子が、一人で生きていく覚悟をしていることが、祖母として忍びなかったのよ。だからつい『遺言と思って……』なんて無茶なお願いをしてしまって、そのせいで何度も嫌々お見合いすることになって、綾仁には悪いことをしちゃったけど」

花恵は口元を手で隠して笑う。

当初の綾仁の顰《しか》めっ面を思い出して詩織も笑う。

「でもそのおかげで、私は綾仁さんと再会できました」

独身主義の詩織と綾仁が再会できたのは、お互いの家族に背中を押されて渋々ながらも見合いを繰り返していた結果だ。

詩織の言葉に花恵が満足そうに目を細める。

「そう言ってくれてありがとう。祖母の私が言うのもなんだけど、あの子は優しくていい子よ。だから、一度の失敗で結婚を諦めるなんて勿体《もったい》なくて」

——一度の失敗……

何気なく発せられた花恵の言葉が、妙に引っかかる。それは、先ほど彼の母が『人の縁というのは、収まるべきところに収まるものなのね』と言っていたせいもあるのだろう。

花恵が言っているのは、もちろん両親の離婚でうやむやになった詩織との関係のことじゃない。

ふと詩織に契約結婚を持ちかけてきた際、綾仁が『今さら家族に心配をかけるわけにもいかない』と、呟いていたことを思い出す。

それらの些細《ささい》な違和感を繋ぎ合わせていくことで、浮かび上がってくるものがある。

「綾仁さんからは、以前結婚を考えられていた方とは、上手くいかなかったと聞きました」

疑念を確信に変えるために足りないピースを求めて詩織が言うと、花恵は驚いた顔をする。

「あの子、そんなことまで貴女に話しているの？」

どこか気まずそうな花恵の表情に、詩織の感情が冷えていく。

「私が言ったこと、綾仁さんには内緒にしてくださいね」

胸に渦巻く感情をどうにか呑み込んで微笑むと、花恵は頷く。

「儚《はかな》げな可愛らしいお嬢さんだったんだけど、育ちの違いのせいか、ものの考え方が綾仁とは合わなくてね。息子夫婦も、二人は上手くいかないんじゃないかと思っていたのよ。でも……ひろ美さんとのことは、もう本当に終わったことなのよ。彼女も他の方と結婚しているそうだから、気にしないであげてね」

全く悪気を感じさせない花恵の言葉に、詩織はどうにか笑顔を保って「もちろんです」と返した。

これまでの彼との日々を思い出し、詩織は苦く笑う。

詩織の髪を優しく撫でる時、クリスマスイブの夜に一緒にケーキを食べた時、彼の心はどこにあったのだろうか。それを考えると、どうしようもなく胸が苦しくなる。

――バカだな私……

愛情なんて求めないと、彼は最初から宣言していた。詩織だって、そんなものは求めていなかったはずだ。

「詩織さん？」

急に黙り込んだ詩織に、花恵が声をかける。

「すみません。おばあさまと綾仁さん、笑った時の目の感じが似てるなと思って……。よかったら、綾仁さんの子供の頃のお話を聞かせてくださいませんか？」

そう誤魔化して、詩織は話題を変える。

「そう？　あの子の目は、母親似と言われることが多いんだけど」

花恵はそう呟きながら、綾仁の思い出話を語り始めた。

ほどなくして三人分のコーヒーを手に綾仁が戻ってきてからは、他愛ない話をして時間を過ごした。

会話の途中、ふとした瞬間に綾仁と目が合うと、彼は優しく笑ってくれる。

その表情に胸が疼《うず》く。彼にとって、過去の恋人のことは、本当に終わったことなのだろうか、と思ってしまったからだ。

契約結婚の相手でしかない詩織には、綾仁に過去、結婚を考えた人がいたということに傷付く権利はない。

それをせつなく思う反面、それでも今、彼の側にいるのは自分だという妙なプライドも生まれるのだから、恋に溺《おぼ》れた人間の心というのは厄介だ。

——私、どんどん自分らしくなくなっている……

頭の冷静な部分では、それがわかっている。

彼を好きだと気付く前の自分は、もっと白黒はっきりしたわかりやすい価値観で生きていた。

それなのに今は、一言では片付けることのできない曖昧《あいまい》な感情をたくさん抱えている。

そしてその面倒な感情を与えるのが綾仁である以上、詩織はそれを手放すことはできないのだ。


花恵に「また遊びに来てね」と見送られて、リビングに戻ってみると、両家の男性陣は酒盛りを始めていて、二人の結婚のタイミングを巡《めぐ》って先ほど以上に不毛なやり取りを繰り返していた。

その様子にうんざりした綾仁が詩織をドライブに誘い、夕方までに夏瀬家に送り届ける約束をして二人で美月波家を抜け出した。


「スカートだと寒くない？」

海岸沿いの公園を並んで歩く綾仁が、詩織に聞く。

「大丈夫ですよ」

今日は挨拶《あいさつ》をするために美月波家を訪れたので、詩織は上品なデザインのワンピースを着ている。

薄い生地《きじ》を使用したワンピースは、風が吹く度に裾《すそ》がなびく。だが、今日は冬にしては日差しが暖かいのでそれほど寒さは感じない。

「そう？　寒そうだよ」

そう言って、綾仁は詩織の手を握る。

お互い温かいジャケットを羽織ってはいるけど、車移動だったので手袋までは持ってきていなかった。

冷たい詩織の手を握り、綾仁は「ほら」と、何故だか得意げに笑う。

そして手を繋いだまま自分のジャケットのポケットに手を入れる。

「え、ちょっと……」

思いがけない彼の行動に戸惑いの声を上げる詩織を、綾仁は気にも留めない。

「こうしていた方が、俺も温かい」

綾仁はポケットの中で繋ぐ手に力を込める。

その言葉がどこまで本当かはわからないけど、確かに詩織の指先は彼の体温で温められていく。

しかし、詩織を温めた分、彼が冷えてしまっているのではないかと心配になった。

「綾仁さん、無理してませんか？」

「なにが？」

「色々です」

胸に渦巻く感情を上手く言葉にできずに、そう答える。

手を繋いだまま歩く綾仁は、少し考えて「一つだけ、我慢していることがあるかな」と呟く。

「それは……？」

自分との関係に思うところがあるのだろうかと焦る。

「秘密」

綾仁は、もう一方の手の人さし指を唇に当てて微笑む。

思わず『ズルい』と思ってしまうほど、魅力的な笑顔だ。

「ただ俺は、詩織に出会えて良かったと本気で思っている。それだけは、忘れないで」

綾仁の声は、どこか切実さを感じさせた。

「それは私も同じです」

詩織は心からの想いを、その言葉に込める。

どうしようもなく溢れてくる想いを彼に悟られるのが怖くて、海に視線を向けた。

凪《な》いだ海は、小さな波に日の光が反射してキラキラと輝いている。その眩《まぶ》しさに目を細め、詩織は彼と過ごした日々を思い返す。

互いの利害関係が一致して、彼と暮らすようになってまだ一ヶ月程度。

とんでもないと思いつつ、背に腹は代えられず彼の提案を受け入れ、契約関係を結んだ。それにより、詩織は家族を傷付けることなく家を出て、仕事に集中することができている。

綾仁との関係は良好だし、これ以上望むものはなにもないはずだ。

それなのに、綾仁が今もなお過去の恋人のことを想っているかもしれないと想像した途端、未来が色あせて見える。

恋愛感情に左右されず自立して生きていくために、彼の提案を受け入れたはずなのに、気が付けばこんな状況に陥《おちい》っているのだから、人の心は難しい。

——だから恋なんてしたくなかったのに……

油断すると、『貴方のことを愛しているから、私のことを愛してください』と、言ってしまいそうになる。そんなの、感情の押しつけでしかないのに。

今日は夏瀬家に帰るが、明日からはまた綾仁との暮らしを再開する。彼に迷惑をかけないように適切な距離を心がけなければと詩織は静かに自分に誓うのだった。

8　二人の契約関係

二月最初の日曜日。綾仁は学生時代からの友人の結婚式の二次会に出席していた。

「美月波」

親しみのこもった声で名前を呼ばれて顔を向けると、ゼミが一緒だった白井元《しらいはじめ》の姿があった。

「久しぶりだな」

綾仁は軽く手を上げて応じる。

学生時代、暇があればサーフィンを楽しんでいた彼は常に日に焼けた肌をしていたが、今はそこまでではない。

「お前は変わらないな」

こちらに歩み寄ってきた白井は、綾仁の全身に視線を巡《めぐ》らせて笑う。そして自分は違うと言いたげに、昔より豊かになった腹を摩《さす》った。

「幸せな証拠だろ」

彼は五年ほど前に結婚し、今は子供が二人いる。綾仁は直接会ったことはないが、奥さんは料理上手だと聞いていた。

「お前は、相変わらず独身か？」

「いや、近く結婚する予定だ」

その言葉がスルリと口から零れて、自分でも驚いた。

最初は祖母を安心させることができれば、結婚にはこだわらないつもりでいたが、詩織との暮らしが心地よくて、気が付けば彼女との結婚を望む自分がいる。

いや、そうしないと、いつか詩織がどこかに行ってしまいそうで怖いのだ。

正月に両家の顔合わせをしたことで、綾仁の家族は二人の結婚にますます乗り気になっている。

子供時代を知っているということもあるが、人生の目標が明確でハキハキと自分の意見を述べる詩織のことを両親も祖母もすっかり気に入ってしまったのだ。

そんな家族の思いを抜きにしても、綾仁はもう、詩織以外の女性との未来なんて考えられなくなっている。

でもその焦りが出てしまっていたのか、最近、自分に対する詩織の態度がぎこちない。

正月休みに二人で手を繋いで歩いた時、自分と出会えて良かったと言ってくれた彼女の瞳に、強い恋情を感じたように思ったのは錯覚だったのだろうか。

「え、相手はどんな女性だよ」

突然の結婚宣言に、白井が前のめりになって聞いてくる。

その声を耳にした他の友人たちも興味を示し、なんだかちょっとした記者会見のような状況になってしまう。

詩織の実名や職業を上手く誤魔化しつつ、古くから家同士の付き合いがある女性だが、自立心旺《おう》盛《せい》で仕事に励《はげ》んでいることなどを話した。

そうやって詩織のことを話していると、改めて彼女への愛おしさが胸を締め付けてくる。

旅行でのことにはお互いに触れず、その後もそれなりに仲良く過ごしてきたつもりだ。

だが、日々彼女への想いが増してきていて、今の関係に満足できなくなっている。

どうしたものかと考えていると、聞き覚えのある声に名前を呼ばれた。

「綾仁君」

頭の片隅で詩織のことを考えながら友人と話していた綾仁は、自分の名前を呼ぶ声にハッとした。

甘えるように自分の名前を呼ぶ声の主を、綾仁はよく知っていた。

声のした方に視線を向けると、かつて結婚を考えた元恋人・米沢《よねざわ》ひろ美がいた。

——あ、今は違うか。

心の中で呟いて、綾仁は表情を整える。

「えっと、今は伊藤《いとう》さん、でよかったかな？　君も出席していたんだね」

古い記憶を必死に漁《あさ》って、どうにか彼女の今の苗字を思い出す。

そのまま古い友達の一人として話をしようとする綾仁に、ひろ美は「伊藤だなんて……」と、悲しそうに瞼《まぶた》を伏せる。

「昔みたいにひろ美って呼んでくれていいのに」

そう言って儚《はかな》げに笑うひろ美の姿に感情が冷えていくのは、今の綾仁には、彼女のその所作が男に媚《こ》びるためのものとわかるからだろう。

だからその言葉を聞き流して、酔ってご機嫌な様子で自分の名前を呼ぶ新郎の方へ歩いて行こうとした。

そんな綾仁の腕を、ひろ美が掴んで引き留める。

「私、ずっと綾仁君に謝りたかったの。あんなひどい終わり方をして、きっと綾仁君は私のこと恨んでいるわよね……でも、結婚するって聞いて……」

「悪いけど俺は、君と思い出話をするためにここに来ているわけじゃないから」

なにやら面倒くさいことを言われそうな空気を感じて、綾仁は素早く相手を拒絶する。

男性に甘やかされることに慣れているひろ美は、綾仁の冷たい対応に驚きの表情を見せた。自分を掴む手の力が弱まったのを感じて、軽く肩を引いて彼女から離れる。

そして表情を笑顔に切り替えて、赤ら顔の新郎のもとへ向かった。

――なんというか、昔の俺はガキだったんだな……

かつて自分を捨てた恋人と対面した綾仁の感想はその一言に尽きる。

一人っ子だったということもあり、学生時代は儚《はかな》げな雰囲気を漂《ただよ》わせる彼女を自分が守ってあげなければいけないような気がしていた。

だけど大人になり、それなりに人生経験を積んだ自分には、今のひろ美がひどく自分勝手な存在に映る。

もし本当に綾仁に謝りたいと思っていたなら、こんな場所で声をかける必要はない。

スマホの番号は学生時代から変えていないし、勤め先も同級生なら誰でも知っている。

それでいて今まで連絡一つ寄こさず、こんな周囲の目のある、こちらに許す以外の選択肢がない場所で瞳を潤《うる》ませて『謝罪』と言われても迷惑でしかなかった。

泣くことで都合よく自分の望む言葉を引き出そうとする人間の相手を、友人の晴れの場でする必要はない。

そんなふうにロジカルに物事を考える自分は、かなり詩織に毒されていると思った。

——なんだか、ここのところ詩織のことばかり考えているな。

一緒に暮らし始めてまだ二ケ月にも満たない。それだけの時間であっさり言動まで影響されてしまうほど、自分は詩織が好きなのだ。

諦念《ていねん》のような思いで自分の感情を受け止めた綾仁は、仲睦まじく微笑み合う新郎新婦を祝福しながら、自分がそうなるために、この先どうやって彼女と関係を進めていくのが正解なのかを考えた。

旅行の夜と同じように、自分から誘えば彼女は応じてくれるだろうか？

もしもう一度、彼女が自分の誘いに応じてくれるならば、その時は二度と彼女を離さない。

◇　◇　◇

夜、綾仁と暮らすマンションのリビングで、詩織は膝に載せたカタログのページを捲《めく》っていた。

「本当に好きなのを頼んでいいんですか？」

湯上がりの綾仁がリビングに戻ってきたので、弾んだ声で確認する。

今日、大学時代の友人の結婚式に出席していた綾仁に、引き出物のカタログギフトを渡され、自分は興味がないので詩織の好きなものを選んでいいと言われた。

「どうぞ」

目を輝かせる詩織に面白がるような声で応《こた》えて、綾仁はキッチンへ向かう。

冷蔵庫から炭酸水のペットボトルを二本取ってきた綾仁は、「そんなに喜ぶと思わなかった」と言いながら詩織の隣に座り、こちらへ顔を寄せてくる。

その自然な振る舞いにドキッとしたけれど、相手にそれを気にしている様子はない。

「なにか欲しいものがあった？」

そう言ってカタログを覗き込んでくる。

——興味がないと言ってたけど、人が見ていると気になるのかな？

それは、よくあることだ。

そうとわかっていても、その距離の近さにはどうしても緊張する。

湯上がりの彼は、暖房の効いた部屋でスエットにTシャツとかなりラフな格好をしているので、たくましい腕に浮かぶ筋肉の筋や血管などが目に入る。

「お、お菓子もいいけど、フルーツのラインナップも魅力的ですね」

「へえ」

詩織の言葉を聞いて、綾仁は興味深そうにページを捲《めく》っていく。

自然と二人の肩が触れ合い、彼の鼓動や体温が伝わってくる。

自分と同じ、ココナッツベースの甘いボディーソープの香りに、清涼感のある整髪剤の香りが混ざった匂いが鼻をくすぐる。

「……っ」

息をするのも恥ずかしいほど彼の存在を意識して、妙に緊張してしまう。

パラパラとページを捲《めく》る綾仁は、フルーツが紹介されているページで手を止めた。

「詩織はなにが好き？」

話しかけられて視線を上げると、思ったより近くに彼の顔があった。

タオルで適当に乾かしただけなのだろう。髪にはまだ湿り気があって、あちこち飛び跳ねている。

それが気になって、詩織は彼の髪に指を触れさせた。

「なにが好きって……」

跳ねた髪を指先で整えながら、喉まで上がってくる言葉を、どうにかして呑み込む。

──綾仁さんが聞いているのは、フルーツの話。

頭の冷静な部分では、それはわかっている。

でもこうやって彼に触れていると、つい自分の素直な気持ちを口にしてしまいそうになる。

言葉を呑み込んでも、指の動きまでは制御が効かない。髪に触れていた指は、見えないなにかに操られるように彼の頬を撫でて顎《あご》へと移動していく。

綾仁に詩織の指を拒《こば》む様子はない。

微かに瞼《まぶた》を伏せ、詩織の好きにさせている。その様子に、去年の旅先の夜を思い出す。

綾仁に求めてほしくて、さりげなく自分から彼に近付いた。

あの日の自分と、今の綾仁が重なって見えるのはきっと気のせいだろう。

「私がなにを好きか知りたいですか？」

彼はまだ昔の恋人に未練があるのかもしれない。そう思って、呑み込んでしまった感情を言葉にしたら、自分たちのこの先はどうなるだろうか。

自分たちは恋愛感情のない割り切った夫婦関係を目指していたはずなのに、彼に求められる自分を夢見てしまうのは、恋する乙女の弱さだ。

「知りたいよ」

顎《あご》から唇へ移動させた詩織の手を握り、綾仁が熱っぽい声で囁《ささや》く。

自分を見つめる彼の眼差しに、あの日と同じ熱を感じる。

だけど今日は、あの日と状況が違う。

旅先やアルコールのせいといった言い訳ができない状況で、自分の気持ちを口にすれば、引き返せなくなる。綾仁だってそれはわかっているはずだ。

それなのに、彼は詩織の手を強く掴んで先を促《うなが》してくる。

引き返せなくなることを望んでいるように、大人の男の色気を漂《ただよ》わせた眼差しを詩織に向けてきた。

見つめ合っていると、彼を求める感情が止められない。

「私が好きなのは……」

衝動のまま詩織が自分の気持ちを伝えようとした時、テンポの速い電子音が響く。

驚いて、二人の肩が小さく跳ねた。

見ると、目の前のローテーブルに放置されていた綾仁のスマホが震えている。

音の出所を理解して、綾仁が不機嫌に息を吐いた。

着信が切れるのを待っているのか、彼はしばらくそのままの姿勢でスマホを睨《にら》んでいるが、呼び出し音が止まる気配はない。

それを聞いているうちに、二人の間に満ちていた濃密な空気がかき消されていく。

「大事な電話かもしれませんよ」

詩織が掴まれていた手を引くと、それで諦めがついたのだろう。

綾仁はため息を漏らして、スマホに手を伸ばした。

しかし画面を確認すると、通話ボタンをタップすることなく着信を切る。そしてそのままスマホの電源自体を落としてしまった。

その行動にどんな意味があるのかはわからないけれど、隣にいた詩織にはスマホの画面に表示された『ひろ美』という着信者の名前が見えてしまった。

それだけで十分だ。

――気持ちを言葉にしなくてよかった。

詩織は視線を落として、カタログを捲《めく》ると、適当に目についたチーズケーキを示して「これにします」と告げ、彼から離れるために立ち上がった。

「詩織っ」

背後で綾仁が立ち上がる気配がした。自分の名前を呼ぶ彼の声に、どこか切羽詰《せっぱつ》まったものを感じたけど、それに気付かないフリをして応《こた》える。

「明後日の会議に向けて、企画案の練り直したい箇所を思いついたんです」

そう言ってしまえば、彼がこれ以上踏み込んでくることはない。

「そう……頑張って」

詩織の予想どおり、もの言いたげな気配を残しつつ綾仁が引き下がる。

「ありがとうございます」

お互いの生き方を尊重する距離感を、今だけは少しだけ恨めしく思いながら詩織はリビングを離れた。

——バカみたい。

廊下に出た詩織は、頬にかかる髪を耳に掛ける。

「恋愛に自分の人生を左右させない。一生責任を持って自分を養ってくれるのは自分だけ。モテる男には近付かない」

廊下を歩きながら、綾仁と一緒に暮らすことで忘れかけていた三つの誓いを、指折り数えて気持ちを落ち着かせる。

そもそも彼が自分にこの関係を申し出たのは、元許嫁《いいなずけ》のよしみにすぎないのだ。

これからも彼と一緒にいたいと思うなら、自分の想いを彼に知られてはいけない。

詩織は感情に蓋《ふた》をするように、自分の部屋のドアを閉めた。

◇◇◇

「石川さん、緊張している？」

火曜日、まほろフードのオフィスで考え事をしていた詩織は、その声に意識を浮上させた。見ると先輩社員の仁美が怪訝《けげん》な表情でこちらの様子を窺っている。

彼女が手にしている書類に視線を移して、今日この後開かれる商品開発の社内審査を前に、企画案の最終チェックをしてもらっていたことを思い出す。

「あ、いえ……」

前回の企画会議では、最終選考まで残ったけど力不足で詩織の案は選ばれなかった。

その時の悔しさをバネに、新しい企画を練って今日の会議に備えてきたのに、気が付けば綾仁のことばかり考えている。

恋愛に人生を左右させない。そう心に誓って、綾仁との契約結婚を決めたのに、いつの間にか彼を好きになってしまった。

彼の前では、自分の恋心を悟られないよう気を付けているつもりでも、湧き上がる感情を完全には抑えられずどうしてもぎこちない態度を取ってしまう。

しかも、綾仁のことを考える度、自分の心の狭さを思い知らされることになるのだから情けない。

というのも、綾仁が友人の結婚式に出席した日の夜。彼にかかってきた電話の発信者の名前を見てしまったからだ。

――綾仁さん、今も昔の恋人と連絡を取っているんだ。

二人は大学の時の知人だと聞いたから、友人の結婚式で再会したのだろうか。

素直に綾仁に質問できれば楽なのだけれど、自分たちの関係を考えるとそれもできない。

綾仁からすれば、契約上のパートナーでしかない詩織にあれこれ詮索されても迷惑なだけだろう。

ましてや、そのことに詩織がショックを受けているなんて、知られるわけにはいかない。

この結婚は、お互いの心を縛るようなものではないのだから。

そうやって自分の感情を宥《なだ》めても、電話に出ることなくスマホの電源を切った綾仁に、ついあれこれ想像してしまう。

そのせいで、昨日から自分たちの間にギクシャクした空気が流れている。それもまた、詩織を悩ませていた。

――こんなふうになるのが嫌だから、恋なんてしたくなかったのに。

なんとなく自分の母が、どんなことに悩み神経をすり減らしていったのか、わかったような気がした。

「大丈夫だよ。今回の企画は、コスト面もよく考えられていると思うよ」

詩織の冴えない表情を、社内審査に向けて緊張していると思ったのか、仁美が励《はげ》ましてくれる。

「ありがとうございます」

仁美にお礼を言い、詩織は深みにはまりそうな思考をどうにか浮上させ、そのまま仕事に意識を切り替える。

今回のクライアントは、最中《もなか》や羊羹《ようかん》が有名な個人経営の和菓子店だ。

水羊羹《みずようかん》や水まんじゅうといった夏向けの定番商品はあるけれど、どうしても冬に比べて夏は売り上げが落ちる。その対策として、夏に目新しい商品を売り出したいと、まほろフードに依頼があったのだ。

あまりコストをかけずに夏でも楽しめる和菓子。なるべくなら、色彩豊かで若い人の目を引く商品を提案してほしい。

そんな依頼内容を踏まえて詩織が思いついたのは、最中《もなか》の皮の中に小さな干菓子《ひがし》や、琥珀糖《こはくとう》を入れてはどうかというものだ。

その店は原料や焼き方にこだわった最中《もなか》の皮を自家製造している。型も丸や梅の花といったベーシックなものの他に、中秋《ちゅうしゅう》の名月の時期限定で売り出すウサギの形をした焼き型もあるらしい。

それなら、梅やウサギの最中《もなか》の皮をプレゼントの小箱に見立てて、中にカラフルなお菓子を色々詰め込んだら可愛いのではないかと考えた。皮を自家製造しているなら、好きな色で焼くこともできるだろう。

もちろんそういった商品はすでに他店にも存在する。既存商品との差別化は、中に詰めるお菓子の種類でつけていくつもりだ。

この後開かれる社内審査で、そんなアイデアを詰め込んだ企画案を披露《ひろう》することになっている。

——今度こそ大丈夫。

自分の企画案を読み直して、詩織は小さくガッツポーズを作って会議に向かう準備をした。

社内審査が終わるなり、仁美が詩織の肩を叩いた。

「よかったね」

会議中に上げられた課題点を書き込んでいた詩織は、手の動きを止めて「ありがとうございます」と、声を弾ませる。

綾仁のことで感情がネガティブになりがちだけど、仕事と真摯《しんし》に向き合う気持ちは忘れたくない。

そんな心持ちで臨《のぞ》んだ会議で、無事に自分の企画案が採用されたので喜びも大きい。

そしてその喜びを、自然と綾仁と共有したくなるのだから恋心というのは、なんとも厄介である。

以前綾仁に詩織は自己完結していると言われたが、最近はそうでもない。

自分で自分を養っていくためにも、仕事を頑張りたいという思いに変わりはない。でもいつの間にか、仕事で感じた喜怒哀楽を綾仁と共有したいと思うようになっていた。

——綾仁さんも今日の会議を気にかけてくれていたし、報告くらいしておいた方がいいよね。

綾仁とひろ美が、今どういった関係にあるのかを考え始めると、やるせない感情が胸に渦巻く。

でもそれは、彼に好意を抱《いだ》いてしまった詩織が自分の中で折り合いをつけるべき問題であって、このまま綾仁とギクシャクした関係を続けたいわけではない。

あれこれ葛藤もあるけど、最後にはこの喜びを綾仁と分かち合いたいという本音が勝り、昼休みに企画が社内審査を通過したと綾仁にメッセージを送った。

すると、すぐに既読マークがついて、今日の帰りにお祝いに食事でもしないかと誘われる。

まだ詩織の企画が採用されると決まったわけじゃない。

そう綾仁にメッセージを返したのだけど、彼は『それなら前祝いとして』と、強引な理由をつけて詩織を食事に誘ってきた。

彼から送られてきたメッセージには、詩織が家でも一生懸命企画を練っていたのを知っているから、その労をねぎらいたいと書かれている。

やけに熱心な誘いに、もしかしたら綾仁も、二人の間のぎこちない雰囲気をなんとかしたいと考えているのかもしれないと気付いた。

その切っ掛けとして、食事に誘ってくれているのであれば、詩織にそれを断る理由はない。

それに自分の頑張りを認めてもらえるのは嬉しいことだ。その相手が、自分の好きな人ならなおのこと。

――このままずっと、綾仁さんと仲良く暮らしていきたい。

詩織は喜んでその誘いを受けることにした。

お互いの仕事が終わるおおよその時間を確認し合って、待ち合わせの場所を決める。そうやって綾仁とのメッセージを終えると、スマホに兄の圭一からもメッセージが届いていた。

見ると海外出張のお土産《みやげ》を届けに、仕事帰りにマンションに寄ってもいいかという内容だった。

先ほど綾仁と食事の約束をしたので、そのことをそのまま伝えると、圭一も遅い時間の訪問になるかもしれないし、不在なら不在で宅配ボックスに入れておくと返信がきた。

詩織がそれに『了解』と返すと、圭一が、二人の仲の良さを喜ぶようなスタンプを送ってきた。

こちらがどれだけ一人で生きているつもりでも、家族は当たり前のように詩織のことを気にかけ、幸せを喜んでくれる。

もちろん詩織だって、父や兄に幸せでいてほしい。

なんだかんだ言っても、自分の人生は自分だけのものではないのだと気付かされる。

こうやってお互いの喜怒哀楽を分け合うのが家族なら、自分と綾仁も少しずつ家族になっているのだろう。

綾仁への恋心に上手く折り合いをつけて、このまま変わらず彼と一緒に仲良く暮らしていきたい。

そんなことを思いながら、詩織はスマホをしまった。

◇◇◇

前祝いを口実に、詩織を食事に誘った綾仁は、ＯＫの返事をもらうとさっそく馴染みの寿司屋を予約した。

その店を選んだのは、彼女の職場から交通アクセスがいいのと、あまり気取った感じがなくオフィスカジュアルな服装でも気軽に訪れることができるからだ。

もちろん綾仁が車で彼女の職場まで迎えに行ってもよかったし、もっと洒落た店を予約することもできた。

そうしないのは、詩織がそれを喜ばないと知っているからだ。

男として、好きな女性にあれこれしてあげたいという思いはある。

でもそれは一方的な感情の押しつけであり、人生はギブアンドテイクと話す彼女からすれば迷惑な話だろう。

特にここ数日は、自分に対する詩織の態度をどこかぎこちなく感じていただけに、店選びにはより慎重になる。

詩織を愛していると自覚した身としては、自分の価値観を押しつけたりしないから、このまま側にいてほしいと祈るばかりだ。

最寄り駅で待ち合わせた詩織と合流して店を訪れてすぐ、綾仁は自分の店選びが正解だったとわかった。

カウンターに並んで腰掛け、お任せで寿司を握ってもらう間、詩織は大将の迷惑にならないタイミングを見計らいつつ興味を持ったことをあれこれ質問している。

職人気質《かたぎ》で気難しい大将も、臆することなくあれこれ質問して美味しそうに食事をする詩織を気に入ったのか、嬉しそうに質問に答えていた。

大将がこちらに話題を振ってくることもあり、ここしばらくのぎこちなさが嘘のように綾仁も詩織と自然な会話を楽しむことができた。

「なんか意外でした」

お任せで頼んだ握りを一通り食べ終え、綾仁が追加で頼んだ握りを待つ間、詩織がしみじみとした声で言う。

「なにが？」

「綾仁さんにお寿司を食べに行くって言われた時は、どんなお店に連れていかれるのかと思って緊張していたんですけど、すごく感じのいいお店でリラックスして食事ができました」

予想どおりの反応を見せた詩織に、内心安堵の息を吐く。

「仕事帰りにデートするなら、こういった気取らない店の方がいいだろ？」

「デ……」

詩織は、綾仁の言葉をなぞりかけて中途半端に声を呑み込む。

それはこちらの発言を不快に思ったというより、恥ずかしさを感じているといった様子だ。

その表情を見るだけで、こんなにも幸せな気分になる自分は、どうしようもなく彼女を愛しているのだ。

以前詩織に、人間関係はギブアンドテイクの配分が大事だと言われたが、恋愛においては、きっとその限りではないのだろうと日々実感していた。

詩織が自分の選んだ店を喜んでくれて、些細《ささい》な会話を楽しみながら一緒に食事をしてくれる。それだけで、綾仁は言葉で表現しきれないほどの喜びを感じた。

自分だけこんなに幸せでいいのだろうかと思うくらいだ。

とてもギブアンドテイクとは言えない。

「詩織の要望はそれなりに理解しているつもりだけど、よかったらこれからも、時々仕事帰りに食事に誘ってもいいか？」

その問いに、詩織は驚いたような眼差しを向けてくる。

「いいんですか？」

「もちろん。最初の切っ掛けはなんであれ、俺は夫婦として、これからもずっと詩織と仲良く暮らしていきたいと思っているから」

その言葉に、詩織は無言で頷く。

小さく凹《へこ》むえくぼを見れば、彼女が自分の申し出を歓迎してくれているのだとわかった。

「ありがとう」

素直な気持ちを言葉にして、綾仁は自分の前に置かれた握りを食べた。

会話を楽しみながら時間をかけて食事をしたため、店を出たのは二十一時近くになっていた。

店を出てタクシーを拾おうとしたところ、詩織に食後の運動がてら駅まで歩いて電車で帰らないかと提案される。

寒い夜ではあるが、彼女と一緒ならそれも悪くない。

綾仁はその提案に乗って、詩織と駅まで歩き、そのまま電車を利用して二人の暮らすマンションに帰ることにした。

電車内はそれなりに混雑していて、近くに酔っ払いもいた。

守るように自然と詩織の肩を抱き寄せた綾仁は、最寄り駅で電車を降りた後も、そのままにしていた。

「ごめんなさい」

駅からマンションまでの短い距離。

肩を抱いて歩く詩織が、不意に謝罪の言葉を口にする。

「え？」

詩織に謝られる理由がわからず、綾仁は思わず足を止めた。

その動きに合わせて詩織も立ち止まり、こちらを見上げてくる。

「最近の私は、あれこれ難しく考えすぎて、綾仁さんと仲良くできずにいたから」

心底申し訳なさそうな表情を見せる詩織の言葉に、一瞬、膝の力が抜けそうになった。

「なんだ、そんなことか」

「そんなことって……」

思わず表情をほころばせる綾仁に、詩織は唇を尖らせる。

だけど神妙な面持《おもも》ちで謝罪の言葉を口にする詩織の姿に、先ほど交わした約束を撤回して別れ話でも切り出されるのではないかと緊張していた身としては、本当に『そんなことか』という気分なのだ。

もちろん綾仁も、自分に対する詩織の態度がぎこちないことには気付いていた。

――あれは、会議を前に神経質になっていただけだったのか？

詩織がなにを難しく考えていたのかはわからないが、今日の打ち解けた態度から考えて、そうだったのかもしれない。

「詩織に嫌われたのかと思って、焦った」

「まさか！」

綾仁が正直な気持ちを言葉にすると、詩織が目を丸くして驚く。

そんなことありえないとでも言いそうな彼女の反応に、愛おしさで胸がいっぱいになる。

「そう言ってもらえて良かったよ。俺は、君に嫌われるなんて耐えられない。本心からそう思っている」

その言葉に、詩織が息を呑む。

そんな彼女の顔を見つめ、綾仁は続ける。

「この先のことだが、詩織にこの契約を提案した時は、ただ祖母を安心させたいという気持ちだった。だけど今は、俺自身のために詩織と本当の夫婦になりたいと思っている」

「綾仁さん」

詩織が驚きの表情を見せる。

綾仁だって、こんなことを言って、詩織を困らせるつもりはなかったのだ。

でもほんの一瞬とはいえ、彼女に別れを切り出されるのではないかという不安を覚えた今、自分の感情を抑えることができない。

「返事は急がないが、ＯＫ以外の返事を聞く気はない。そのために必要な条件があるなら、考えておいてほしい」

思いの丈《たけ》を込めたプロポーズの言葉に、詩織が目を丸くする。

いつもより幼い印象を与えるその表情を愛らしく思いながら、彼女の言葉を待った。

「綾仁さんは、それでいいんですか？」

戸惑ってはいるが、綾仁の言葉を迷惑に思っている感じはない。そのことに、泣きたくなるくらいの安堵を覚える。

「もちろん。それが俺にとって一番の希望だ」

契約結婚を申し込んだ日とは異なる意味で、自分には詩織しかいないと思っている。

そしてその想いは、日々増すばかりだ。

「結婚に必要な条件は詩織が決めていい。だから一生俺の側にいてほしい」

それくらい自分は詩織のことを愛していて、彼女のいない人生なんてもう考えられないのだ。

「綾仁さん、それは……」

詩織がなにかを言おうとした時「綾仁君」と、自分を呼ぶ声が聞こえた。

声のした方に視線を向けると自分たちが暮らすマンションの植え込みの陰から、何故かひろ美が姿を見せた。

人間、ありえない場所でありえない人に遭遇すると、すぐに思考が働かないらしい。

言葉の出ない綾仁を見上げて、ひろ美が言う。

「ごめんね。ここには来ちゃいけないってわかっていたの……でも、どうしても綾仁君に聞いてほしい話があって」

なんの話か知らないが、明らかに誤解させるような言い方をするひろ美に顔を顰《しか》める。

自分のかたわらで、詩織の雰囲気が硬くなるのを感じた。

同時に、ついさっきまで二人の間にあった熱のようなものが消えてなくなるのを肌で感じる。

「綾仁さん」

穏やかな声で名前を呼ぶ詩織が、肩に回していた綾仁の腕を解いて距離を取る。それに焦りを覚えた綾仁が話しかけるより早く、ひろ美が口を開く。

「貴女が綾仁君の今の婚約者？　私なんかと違って、家柄に恵まれた綾仁君にお似合いのお嬢様だって聞いたわ」

ひろ美は、まるで自分たちの間になにかあったように話す。

どうやらこの前の結婚式で、誰かからなにかしらの情報を聞き出してきたらしい。

自分を貶《おとし》めているようでいて、その実、詩織の価値が家柄にしかないような話し方をするひろ美に、神経が逆なでされたような不快感を覚えた。

「どうしてここに？　今さらなにかを話す仲でもないと思うが？」

綾仁は冷めた声でひろ美を拒絶する。

これ以上相手をする気はない。

再び詩織を自分の方に引き寄せ立ち去ろうとすると、ひろ美は潤《うる》んだ目でこちらを見上げ首を横に振った。

「違うわ。ただ、今の綾仁君を見ていると、あの日、違う選択をしていれば、私の人生も色々と違ったのかもしれないと思って……」

ひろ美は、当然のことを、さもなにかあるように意味深に語る。

その時々の選択で、人生はいくつも分岐していくものだ。

言葉の雰囲気からして、彼女は今の夫との関係に満足していないのかもしれないが、それは綾仁には関係のない話だ。

あの時、彼女が他の男性を選んだ段階で、すでに自分たちの関係は終わっているのだから。

先に心変わりしたのはひろ美なのに、綾仁がまだ変わらず自分のことを好きでいるとでも思っているのだろうか？

そうだとしたら、勘違いも甚《はなは》だしい。

今さら彼女に愛情など欠片《かけら》も抱《いだ》いていないが、過去まで汚されたようで不快になる。

自分に都合のいい幻想に浸《ひた》っているらしいひろ美は、綾仁の冷めた視線に気付くことなく瞳を潤《うる》ませて訴えてくる。

「綾仁君、本当に彼女のことが好きなの？　私のことをなんとも思っていないなら、あの日、私の話を遮《さえぎ》ってあんなことしないよね。そんなふうに思いを残したまま愛のない結婚をするなんて、彼女が可哀想よ」

それは、友人の結婚式でのこと言っているのだろうか？

「悪いが、君がなにをいっているのかわからない」

事実をねじ曲げて話すひろ美の態度に、いい加減我慢の限界を感じて綾仁は冷たく言い放ち、詩織の肩を抱いてその場を離れようとした。

けれど、詩織が回された綾仁の手から逃れてひろ美に言う。

「私たちの結婚は、お互いの利害関係の一致による契約にすぎません。もとから愛情があるわけではないので、貴女にご心配いただくようなことはありません」

感情を感じさせない詩織の言葉に返事をしたのは、ひろ美ではなかった。

「それはどういうことだ⁉」

突然聞こえてきた男性の鋭い声に振り向くと、詩織の兄である圭一がいた。

「圭一さん……」

どうして彼がここにいるのだろう？

驚く綾仁に鋭い眼差しを向けながら大股に歩み寄った圭一は、詩織の手首を掴んで自分の方に引き寄せる。

「詩織、今の話はどういうことだ？」

詩織に質問を投げかけつつも、圭一は綾仁を睨《にら》んでいる。子供の頃から親しくしてきた彼の初めて見せる表情に、すぐに言葉が出てこない。

「お兄さま、これはあの……」

詩織が説明に迷って言葉を途切れさせる。その様子からなにかを理解したと言うように、圭一が小さく頷く。

「家に帰ろう」

「待ってください！」

咄嗟《とっさ》に詩織の腕を掴み引き留める綾仁に、圭一は険しい表情で言う。

「その手を離せ」

これがビジネスの場なら、相手が感情的になっている時に無理に話を続けようとは思わない。

だけど今は違う。

詩織を失うかもしれないという焦燥感《しょうそうかん》に駆られて、冷静ではいられない。

ここで圭一と対立してもいいことはなにもないとわかっていても、自分の側から詩織を連れ去ろうとする彼を敵視してしまう。

そしてそれは、圭一も同じなのだろう。妹を守る兄として、綾仁に険しい眼差しを向けてくる。

二人が詩織を挟んで睨《にら》み合い、一歩も譲らない姿勢を取っていると、見かねた詩織が口を開いた。

「お兄さま、今日は帰ってください」

詩織の言葉に綾仁が安堵する反面、圭一が傷付いた表情を見せた。でもその後続く詩織の言葉に、今度は綾仁が衝撃を受ける。

「今後について、綾仁さんと話し合う時間をください。夏瀬の家には、明日、自分で帰ります」

険しい表情のまま、詩織と綾仁を見比べていた圭一は、妹の意見を尊重するという結論に達したらしい。深い息を吐いて、掴んでいた手を離した。

「明日、帰る時に連絡して。迎えの車をよこすから」

兄の言葉に小さく頷き、詩織は明日仕事が終わったらそのまま実家に帰ると約束した。

圭一が立ち去ると、詩織は綾仁へ視線を戻して告げる。

「綾仁さんも、まずはひろ美さんの話を聞いてあげてください。私がいては話しにくいでしょうから、先にマンションに戻っています。ここじゃ寒いでしょうから、どこか暖かいところに入ってくださいね」

それだけ言うと、詩織はペコリと頭を下げて一人でマンションに戻っていった。

すぐにその背中を追いかけようとしたが、ひろ美にコートを掴まれ邪魔される。

「ごめんなさい。綾仁君の結婚を壊すつもりはなかったの。……でも愛のない契約結婚って、どういうこと？」

「君には関係ない」

怒りの滲《にじ》む声でそう返しても、ひろ美には伝わらないようだ。

「今日が駄目なら、他の日でもいいの。綾仁君が時間を作ってくれるまで待っているから、ちゃんと話して」

控えめに聞こえるが、それは脅《おど》しだ。

「迷惑だ」

苛立った表情で告げて、コートからひろ美の手を振り払う。

そのまま立ち去ろうとする綾仁に、ひろ美が「あのお嬢さんに気を遣っているの？」と声をかけてくる。

「は？」

ひろ美を拒絶しているのは、綾仁の意思であって詩織は関係ない。

どうしてそれがわからないのだろう。

相手の思考が理解できず、思わず動きが止まる。その隙を突くように、ひろ美が言う。

「それなら、改めて彼女の許可を取れば、私の話を聞いてくれる？」

したたかにこちらの弱いところを突いてくるひろ美に、思わず舌打ちが漏れる。

一見しおらしい態度に見えるが、詩織になにを吹き込まれるかわかったものではない。

諦めて向き合う姿勢を取る綾仁を見て、ひろ美が微かに笑う。

ほんの一瞬だけ見せたその表情に、彼女の狡猾《こうかつ》さが透けて見える。

——こんな打算的は人間だったとはな……

どうして若い頃は、彼女の本性に気付くことができなかったのだろう。

過去の自分に苛立ちが募《つの》る。

こんな人間の思惑どおりに動くのは癪《しゃく》だが、今は形だけでもひろ美の話を聞くしかない。

綾仁は、詩織の背中を追い駆けるのを諦めて、ひろ美に話を促《うなが》した。

◇　◇　◇

綾仁と別れて先にマンションに戻った詩織は、手早くシャワーを浴びると、ろくに髪も乾かさずに自室のベッドに潜《もぐ》り込んだ。

そして頭まですっぽり布団を被って身を丸くする。

圭一には、綾仁と話し合う時間が欲しいと伝えたが、彼となにをどう話せばいいのかわからない。綾仁に早く帰ってきてほしいと思うのと同じくらい、さっさと眠ってさっきの出来事をうやむやにしてしまいたいという思いが働く。

二人で楽しい時間を過ごし、ここのところ自分たちの間に漂《ただよ》っていたぎこちない空気を払拭《ふっしょく》することができた。

そして、歩み寄ろうとする詩織に応《こた》えるように、綾仁に本当の夫婦になりたいと言われて、胸がときめいた。

彼の真摯《しんし》な眼差しに胸を打たれた。同時に、ここしばらく抱えていた悩みは全て詩織のただの考えすぎで、むしろ彼も自分と同じ気持ちなのではないかと思った。

でも、ひろ美が現れたことで、それは詩織の錯覚だと理解する。

彼女が口にした言葉を詩織なりに解釈すると、二人が別れたのは家柄の違いが原因で、綾仁はどうかわからないが、ひろ美にはまだ未練があるように感じた。

儚《はかな》げな雰囲気のひろ美の姿が、詩織の母の若い頃に重なってしまい、よけいに詩織をせつなくさせる。

グチャグチャとした感情を抱えながら布団の中で丸まっていると、ほどなくして玄関のドアが開く音が聞こえてきた。

心のどこかで、綾仁がこのまま朝まで帰ってこないのではないかと不安に思っていたから、彼が帰ってきてくれたことに泣きそうになる。

それと同時に、ひろ美に対して制御不能な嫉妬心を覚えるのだから、恋心とはなんとも厄介だ。

――だから、恋なんてしたくなかったのに……

後悔しても、もう遅い。

自分はどうしようもなく綾仁を愛しているのだから。

廊下を歩く足音に続いて、詩織の部屋をノックする音が響いた。

「詩織、もう寝ている？」

返事を待つことなくドアが開き、綾仁が声をかけてくる。そして彼が部屋に入ってくる気配がした。

マットレスが微かにたわんで、綾仁がベッドの端に腰掛けたのがわかる。

「嫌な思いをさせて悪かった。彼女とは本当に、もう終わってるんだ」

そう言って綾仁が布団の中に手を入れてくる。

頬を撫で詩織が泣いていないことを確かめた彼が、安堵の息を吐く。その手が氷のように冷たい。

どこかでゆっくり……と言っておきながら、綾仁が彼女とのんびりお茶を飲んでいたわけじゃないと確信して安堵する自分は、かなり素直じゃない性格をしている。

冷たい彼の手に、自分の手を重ねる。詩織のその動きに綾仁がホッとしたように静かに笑うのを感じた。

――もう終わってるって言うなら、どうして彼女がマンションの前にいたの？

そう思うのはただの嫉妬だ。だから胸に渦巻く思いを言葉にする代わりに、可愛げのないことを言ってしまう。

「私が嫌な思いをしたって、勝手に決めつけないでください」

詩織の言葉に、綾仁が気を悪くした様子はない。

「確かにそうだな。それは俺の願望だ」

そんなことを言って弱々しく笑う。

「え？」

思いがけない彼の言葉に、詩織が思わず布団を捲《めく》り上半身を起こすと、綾仁と目が合った。

綾仁が身を寄せ、自分の額を詩織のそれに合わせる。

「不快な思いをさせたいわけじゃないが、君がやきもちを焼いてくれたのかと思うと少し嬉しかったんだ」

触れる額も、手と同じように冷たい。

その冷たさを心地よく感じて身を任せていると、綾仁が聞く。

「詩織はどうして彼女の名前を知ってたの？」

自分も、彼女がひろ美である確信はなかった。ただ彼を『綾仁君』と呼ぶ声の甘さから、そうかもしれないと察しただけだ。

そして彼が否定しなかったことで、あの女性が、綾仁がかつて結婚を考えるほど愛していた女性なのだと理解した。

――まだ、彼女への気持ちが残っているのですか？

胸に湧き上がる疑問をそのまま言葉にできないのは、自分たちの関係が契約に基づくものだからだ。

「超能力です」

詩織の言葉に、綾仁は思わずといった感じで小さく笑う。

その自然な笑い方に少し気持ちがほぐれて、詩織は続ける。

「この前、綾仁さんのスマホにその名前で着信があったのが見えたから、そうなのかなと思ったんです」

最初に詩織にその名前を教えてくれたのは彼の祖母だけど、それを伝える必要はないだろう。

綾仁もその説明で、納得してくれたようだ。

「この間の結婚式で偶然再会してね……」

上手く言葉にできないといった感じで、彼はその先の言葉を濁《にご》す。

「それでここまで会いに来たんですか？」

詩織の言葉に、綾仁は小さく首を横に振る。

「彼女は散々もったいぶった言い方をしていたが、今日俺に会いに来たのは、ご主人のことを相談したかったからだそうだ。正直、今さら俺に彼女の相談を聞いてやる義理はないし、腕のいい弁護士を紹介してきた」

それでも時間が時間なので、タクシーを呼び、車が来るまで一緒に待っていたのだそうだ。

綾仁はもう終わったと言うが、ひろ美が彼に相談しに来たのは、別れたことを後悔しているからではないのだろうか。

相談を口実に、彼ともう一度やり直したいという気持ちがあるからこそ、会いに来たのではないのか。

「ひろ美さんがやり直したいと言ったら、綾仁さんはどうしますか？」

詩織の切実な問いかけに、彼はこともなげに答える。

「どうもしないよ。俺が結婚したいのは詩織だ」

「……その方が、家の人も喜んでくれますもんね」

その言葉に、綾仁は頷く。

一般家庭で育った詩織の母が、大企業の御曹司である父と結婚するまで、どれほど苦労したかを知っている詩織は、綾仁の態度に色々と考えずにはいられない。

彼と共に過ごす日々に温かなものを感じて、結婚に対する考えが変わりつつあった。でもそれは詩織の感情であって、綾仁の感情ではない。

もともと綾仁が詩織に求めていたのはギブアンドテイクの契約結婚だ。

「綾仁さんと結婚します。ただその条件として、別居してください」

「え？」

詩織の言葉に一瞬喜びかけた綾仁の顔がこわばる。

そんな彼を見上げて、詩織は微笑んで言う。

「綾仁さんのおばあさまの前では、これからも仲のいいパートナーを演じます。でも普段は、別居してお互い自由に暮らしましょう」

嫉妬で心を掻き乱されてばかりいる自分は、呆れるほど醜《みにく》いし、きっと綾仁に嫌な思いをいっぱいさせてしまう。

だから綾仁と一緒には暮らせない。でも、形だけでもいいから彼の妻でいたいと思ってしまう自分がいる。

恋愛に振り回されたくないと思っていたのに、綾仁への想いを自覚してからは、どんどん自分らしさを失っている気がした。

けれど、彼との繋がりを失うのが嫌で、妻という立場に縋《すが》り付いてしまう。

「私たちは別に愛し合って一緒にいるわけじゃないんですから、なんの問題もないと思います。それが私の結婚の条件です」

人間関係は常にギブアンドテイク。詩織のこの感情は綾仁の迷惑にしかならない。

自分の感情を呑み込んで、そう告げた。

9　新しい関係

翌日の水曜日、仕事を終えた詩織は、圭一との約束を守り夏瀬家に向かった。

忙しい人たちのはずなのに、夏瀬家では貴彦と圭一が自分の帰りを待ち構えていて、神妙な面持《おもも》ちで出迎えてくれた。

険しい圭一の顔を見れば、綾仁の浮気を疑っているのは明白だ。

だから下手な言い訳をして誤解を招くのは、綾仁のためにもよくない。そう判断した詩織は、自分の恋心を秘めたまま、偶然再会した元許嫁《いいなずけ》の彼と、お互いの利害関係が一致したことで契約結婚することに決めたのだと正直に話した。

「綾仁君との結婚は、この家を出るための偽装だったたって？」

綾仁に過去、結婚を考えた人がいたことも承知していると聞かされて、貴彦と圭一は愕然《がくぜん》とした表情をしている。

その言葉に、詩織は静かに頷いて話を続けた。

「だから万が一、綾仁さんと昔の恋人の間になにかあったとしても、問題はないの」

綾仁の言葉を信じるのであれば、彼とひろ美は共通の知り合いの結婚式で再会するまで交流はなかったそうだ。彼女は夫との関係に悩み、綾仁を頼ってきたらしいが、詩織に対してなにかしらの思惑を感じずにはいられない言動だった。

詩織の話を聞き、一応の理解を示した圭一だが、それで納得するようなことはない。

「それじゃあ綾仁君は、病気の祖母のために詩織を利用したってことか？　それでいて、昔の恋人と連絡を取っていたと？」

そう不快感を露《あら》わにする。

「あれは、向こうが勝手に押し掛けてきただけみたい」

あんな場面を見たのだ、そう思うのはまあ仕方ないことだろう。

「なんにしろ、私は自分の利益のために、綾仁さんの提案する契約結婚を受け入れました。彼がプライベートでなにをしようと私には関係ないし、責めるようなことではありません」

「詩織は、そんなにウチでの暮らしが苦痛だったのか？」

悲しげに眉を寄せる圭一の言葉に、詩織は大きく首を横に振る。

「そうじゃないけど、お父さまもお兄さまも身に余るくらい私を大事にしてくれる。でも、私はその期待に応《こた》えられるような娘じゃないから……」

どう説明すればいいのかわからず、言葉が途切れる。でも詩織は、家族との暮らしを苦痛に感じていたわけじゃない。

ただ長く一緒に暮らしていなかったことで、二人との距離の取り方がわからなかったのだ。

なにより、今の自分は二人の思い出の中にいる昔の自分とは違いすぎて、いつか幻滅されてしまいそうで怖かった。

詩織の告白に、貴彦が小さくかぶりを振る。

「詩織、私がどうしてお前に見合いをさせていたか、本当の理由を話してもいいか？」

兄のように綾仁へ怒りを向けることなく、黙って話を聞いていた貴彦が、おもむろに口を開いた。

詩織が小さく頷くと、貴彦は自嘲《じちょう》的な笑みを浮かべて話し出す。

「洋子の訃報《ふほう》を聞いて駆けつけた時、詩織をこのまま一人にしてはいけないと思って家に呼び戻した。でも一緒に暮らしてすぐに、私は詩織と暮らすことが辛くなっていったよ」

「え……」

思いがけない父の告白に、詩織は驚きの声を漏らした。

大事にされていると思っていたけれど、自分はずっと父に疎《うと》まれていたのだろうか。

父の言う本当の理由とは、体《てい》よく詩織を家から追い出すために、てっとり早く結婚させようとしていたということなのか。

世界が反転したような衝撃に襲われる詩織に、貴彦は、「そうじゃない」と首を横に振る。

「もちろん、こうして再び詩織と暮らせることを、親として心から喜んでいる。これまでなにもしてあげられなかった分、望むものを全て与えてあげたいと思っているよ」

貴彦はそこで言葉を句切り、数回手をグーパーさせる。そして意を決したように言葉を続けた。

「私が辛かったのは、詩織が、洋子を守れなかった私を恨むことなく、愛そうと努力しているのが伝わってくるからだよ」

長年隠してきた罪を打ち明けるような父の表情に、圭一もそっと視線を落とす。

「恨んでくれるのであれば、その憎しみを全力で受け止める。だけど詩織は感情の全てを呑み込んで、自分の中で解決してしまう」

「恨むなんて……。二人が離婚したのは、どちらが悪いってわけでもないから」

人間関係は常にギブアンドテイクだ。だから二人の離婚は、どちらが悪かったという話ではない。今ではそう理解している。

それで問題ないと詩織自身は考えていた。けれど立ち上がった貴彦は詩織の前に膝をついて、その手を取る。

「親に対して、そんなふうに論理的に気持ちを割り切る必要はない。家族には、もっと思うままに自分の感情をぶつけてくれていいんだ」

両手で詩織の右手を包み込み、貴彦が言う。

自分の手を包み込む父の手の温もりに、わけもわからず涙が溢れ出した。

最初、一滴だけぽたりと落ちた雫《しずく》が貴彦の手で跳ねる。それを合図にしたように、涙がポタポタと零れ落ち、父の手を濡らしていった。

「……違うの……あれは…………誰も、悪くない」

父のことも母のことも大好きだった。だから、どちらかを悪者になんかしたくない。

そんな思いから、幼いなりに一生懸命考えて、両親の離婚はどちらかが悪いのではなく、ギブアンドテイクの配分が上手くできなかっただけだという結論に達したのだ。

それなのに、今さらそんなことを言われたら、感情が抑えられなくなる。

両親の離婚が悲しくなかったと言えば嘘になるけど、自分をこれだけ思ってくれる人を恨んだりできるはずがない。それはきっと母も同じだ。

ポタポタと涙を流す詩織の頭を、近付いてきた圭一がそっと撫でた。兄の手の温もりに、再び涙が溢れる。

「家族には、どんなことでも、そうやって感情をぶつけてくれればいいんだよ」

圭一の言葉に詩織は洟《はな》を啜《すす》りながら頷く。

「もちろん詩織がこの家にいたいと思ってくれるなら、ずっと一緒に暮らしていきたい。だが私は親として、家族以外にも、詩織が素直に感情をぶつけて、ありのままの自分で過ごせる相手を探してあげたかったんだ。どうしたって、私の方が先に逝《い》ってしまうからね」

詩織が素直な感情をぶつけられる相手。その言葉で思い浮かぶ相手は、一人しかいない。

「どうして、私なんかに、そこまで……」

ぐすりと鼻を鳴らして左手で目尻に溜まった涙を拭う詩織に、貴彦はそれは違うと首を振る。

「この世に生まれてきてくれて、無事に育ってくれた。それだけで、子供は親に計り知れない幸せを与えてくれているんだよ。だから詩織は、ただ親の愛情を受け取ってくれればいいんだ」

ここまで無事に育ってくれてありがとう、と、貴彦は心からの感謝の言葉を口にする。父に返したい言葉や思いがたくさんあるのに、涙で喉がつかえて声が出てこない。

でもこういう時、言葉は不要なのかもしれなかった。

言葉にできない思いを込めて詩織が貴彦の手を強く握ると、それでいいと頷いてくれる。

そして、貴彦は諭《さと》すような声で言葉を続ける。

「詩織と綾仁君の関係に、私は口を出すつもりはない。だけど私の目に映った二人は、とても自然で打ち解けて見えたよ。だから時期がくれば、二人の結婚を認める気でいたんだ」

今すぐ結婚を許さないのは、父親としての最後のワガママだと貴彦は笑う。

貴彦が綾仁との同棲をあっさり許してくれた理由を、今さらながらに理解する。

「彼との関係は、詩織の好きにすればいい。一緒にいるだけが家族じゃないからね。少なくとも私は、離婚した後も洋子や詩織と家族でいたつもりだ」

父の言葉に詩織は小さく頷く。

貴彦が離婚後も詩織たちを家族と思っていてくれたように、家族の形に正解はなく、それぞれが自分なりの答えを見つけていけばいいのだろう。

自分の中に答えを探せば、一人の顔が思い浮かぶ。

――綾仁さんと家族になりたい。

それも最初に彼が提案した形だけの夫婦ではなく、本当の意味での家族になって、この先の人生を共に歩んでいきたいと強く思う。

そしてそのためには、未だに向き合えずにいる自分の感情と、きちんと対峙する必要があった。

「私、綾仁さんのことが好きなんです」

ずっと言えずにいた思いが、自然と口から零れた。

詩織の心からの言葉に、貴彦と圭一が頷く。

慈愛《じあい》に満ちた表情を浮かべる二人の顔を順に見比べてから、詩織は言う。

「この先の人生を綾仁さんと一緒に生きていくためになにが必要か考える間、この家にいてもいいですか？」

綾仁はあの日、『俺自身のために詩織と本当の夫婦になりたい』と言ってくれた。

この先の人生を彼と歩んでいきたいと思うのであれば、まずはその言葉と向き合う必要がある。

それと同時に、次にこの家を離れる時は、二人の祝福を受けて旅立ちたい。

強い意思を感じさせる詩織の顔を見て、貴彦が微笑む。

「もちろんだ。いざという時に一人で悩まないために家族がいるのだから」

圭一も詩織の頭を撫でることで、父の言葉に賛同の意思を示してくれた。

◇　◇　◇

家族と話し合ったことで、改めて綾仁との未来についてしっかり考えようと思った詩織は、そのまま実家に留まり、夏瀬家から通勤していた。

綾仁には、『少し考えたいことがあるので、しばらく実家で過ごします』というメッセージを送って以降、詩織からは連絡をしていない。

それでも彼からは、朝晩、詩織の体調を気遣うメッセージが送られてくる。

送信時刻を見るに、出勤前と帰宅時にメッセージを送信してくれているのだとわかり、離れていても彼と暮らしているような気持ちになった。

メッセージを受け取る度、すぐにでも綾仁のもとに戻りたくなる。けれど、この先の長い人生を彼と共に歩んでいきたいからこそ、今はじっくり自分の心と向き合おうと思った。

でないと、またすぐに制御不能な嫉妬心に囚《とら》われて自分の心を見失ってしまいそうだから。

そんな思いを胸に夏瀬家で過ごしていた詩織だが、週末に、一人で美月波家を訪れていた。

といっても、綾仁に会うためではない。

綾仁の祖母である花恵に、よかったら遊びに来てほしいと連絡をもらったからだ。

正月に会った際、花恵とは連絡先の交換をしていたので、綾仁を介さず詩織に直接連絡があった。

二人が別居状態にあることを知らない花恵は『息子と孫が揃ってゴルフに行っているから、詩織さんが暇をしているなら……』といった言い方で、詩織をお茶に誘ってくれた。

花恵の前で、綾仁の良きパートナーを演じるのは契約のうちだ。それ以前に、詩織自身、彼女と過ごす時間を心地よく思っていたので誘いを断る理由はない。

綾仁との関係について詩織なりに考えてはいるけれど、はっきりした答えが出せない状態だったので、気分転換も兼ねて花恵に会いに行くことにした。

「綾仁との暮らしはどう？　あの子、仕事が忙しいから、詩織さんに寂しい思いをさせていない？」

前回訪れた時と同じように、自室の窓辺でくつろぐ花恵は、庭を眺めながらお茶を飲む詩織に尋ねてくる。

彼女はやはり、詩織が実家に帰っていることを知らないのだとわかり、心配をかけないように言葉を選んで答えた。

「確かに綾仁さんは、いつもたくさんの仕事を抱えていて大変そうです。それでも、スケジュールをやりくりして私と過ごす時間を作ってくれるから、逆に申し訳なくて」

それは、詩織の本心だった。

綾仁がなにも言わなくても、同じような立場に身を置く父や兄の忙しさを知る詩織には、彼がどれだけ多忙なのか容易に想像できる。

けれど綾仁は、詩織と過ごす時間を作り、常にこちらを気遣ってくれていた。

例えを挙げるのなら、彼と最後に食事をした日。

詩織の企画が社内審査を通ったことを一緒に喜んでくれた綾仁は、仕事帰りにお祝いをしようと詩織を誘ってくれた。彼が選んでくれた店は、詩織の会社からはアクセスがいいけれど、綾仁の職場からは乗り換えに少々手間のかかる場所だった。

彼はなにも言わないが、店の雰囲気も仕事帰りの詩織が気後れしないよう気遣ってくれているのが伝わってきたし、普段は自社の車で移動することの多い彼が、駅で待ち合わせをして店まで一緒に歩いてくれた。

思い返すと、綾仁は忙しい中、そうやってさりげなく詩織のために時間を作ってくれている。

あの日だって、きっと無理してスケジュールを調整してくれたのだろう。

それなのに自分は、綾仁に『デート』と言われたのが嬉しくて、疲れている彼をねぎらうこともなく、帰りは電車を使おうなどと提案してしまったことを後になって反省した。

実家に帰って綾仁との関係を改めて考え直して、彼のそういったさりげない優しさに気付くと共に、自分の稚拙《ちせつ》さに泣きたくなった。

「綾仁さんは感謝やねぎらいを求めることなく、自分にできる最大限の優しさを与えてくれる人です。そんな彼に、私はほとんどなにも返せていなくて、一緒にいるのが申し訳なくなる時があります」

――私も、もっと上手に綾仁さんに優しくできればいいのに……

自分の不甲斐なさを反省していると、花恵は嬉しそうに目を細めた。

「あの子は、自分が優しいことを人に悟られるのが嫌なのよ」

花恵の言葉に、詩織は頷く。

整いすぎた見た目のせいもあって、最初は綾仁にキザな伊達男《だておとこ》という印象を受けたが、知れば知るほど彼の優しさが見えてくる。

浜辺で綺麗な貝殻《かいがら》を探すように、時間をかけて観察することで、彼の良さが見えてきたのだ。

「大企業の創業家に生まれ育った綾仁は、ビジネスの場で足を掬《すく》われないために、自分の本音を隠す癖が身についているから」

自分の夫である綾仁の祖父の教育方針が悪かったと、花恵はため息を漏らす。

詩織にも彼女の言わんとすることはわかる。

普段は自分に激甘な貴彦と圭一も、ビジネスモードに思考が切り替わっている時は、全く違う顔を見せる。

大きく頷く詩織に、花恵は「好きな子の前でくらい、素直になればいいのにね」と笑う。

「それは……」

口元を手で隠し茶目っ気たっぷりに笑う彼女の表情に、綾仁を思い出してせつなくなる。

——綾仁さんにとって、私はどんな存在なんだろう？

詩織がそんなことを悩んでいるとは思ってもいないのだろう、花恵はそのままの表情で続ける。

「本当に、人の縁というのは、収まるべきところに収まるものね」

「え？」

新年の挨拶《あいさつ》でこの家を訪れた際に、綾仁の母が似たようなことを話していたのを思い出す。

その日に、花恵からひろ美の話を聞いたのだ。

「先日、ひろ美さんをお見かけしました」

詩織の言葉に、花恵の顔に微かな動揺の色が浮かぶ。

でもそれには気付かないフリをして、何気ない口調で会話を続ける。

「綾仁さんが友人の結婚式に出席した際に再会したそうで、後日会いに来られた彼女に偶然お会いしたんです」

心配をかけないよう言葉を選んで事実を伝えると、花恵は納得の表情を見せた。

「そう、同じ大学だったんですもの。そういうこともあるわよね」

花恵は頬に手を添えて頷く。

「以前伺ったとおりの、儚《はかな》げな印象の方でした」

ひろ美のことを知りたくて話を切り出したのはいいが、その先の言葉が見つけられない。

彼女の雰囲気は、自分の母にどことなく似ている。

両親が家柄の違いを理由に、結婚を反対されたことを知る身としては、綾仁たち二人の過去についてもあれこれ考えてしまう。

自分の言いたいことが纏《まと》められず黙り込む詩織に、花恵が言う。

「だから、綾仁には合わなかったのよ」

「え?」

サッパリとした彼女の口調からは、相手を蔑《さげす》むような雰囲気はない。

想像していたのとは違う反応に戸惑う詩織に、花恵はお茶で喉を潤《うるお》してから問いかける。

「お父さんやお兄さんの多忙さを知っている詩織さんには、綾仁にとって時間がどれだけ貴重なものかわかるでしょ?」

「はい」

今もそうだが、若かりし日の貴彦はかなり多忙を極めていたと聞いている。そのため母は、父に不要な心配をかけたくなくて、なにも相談せず辛い思いを全て自分一人で抱え込んでいたのだ。

詩織が頷くのを見て、花恵も一つ頷いて続ける。

「ひろ美さんは、賃貸業を営むお父さまと専業主婦のお母さまに育てられた一人っ子のせいか、その辺の時間の感覚が綾仁とは合わなかったのよ」

美月波家や夏瀬家のような桁外れの資産家というわけではないが、ひろ美の実家は祖父の代で基盤を作り上げたテナント経営をしていたのだという。もちろん父親には、不動産オーナーとしてそれなりにこなすべき業務はあったが、一般家庭のサラリーマンよりはかなり時間に融通《ゆうずう》が利いたそうだ。

そのため彼女は、綾仁の忙しさを理解することができなかった。

綾仁の両親は、家柄の違い以上に、その価値観の違いを心配して二人の結婚を反対していたのだという。

それでも綾仁の結婚の意思は固く、彼が熱心に周囲を説得したことで、家族も二人の結婚を了承したのだが、その頃にはすでにひろ美は他の男性に心変わりしていたのだとか。

結果二人は破局し、ひろ美はその男性と結婚した。

「そう……なんですね」

自分が想像していたものとは大きくかけ離れた顛末《てんまつ》に、詩織はなんとも言えない顔をする。

「息子の嫁……つまり綾仁の母は、長年通訳の仕事をしていていつも忙しくしていたから、夫の多忙さに理解があった。お互い忙しいせいでぎくしゃくした時期もあったみたいだけど」

「それはなんとなく理解できます」

長年夫婦をしていれば、常に仲良しというわけにはいかないだろう。

そしてそんな時期を乗り越えてなお、一緒にいたいと思えるのが夫婦なのだと思う。

詩織が頷くと、花恵は嬉しそうな表情を見せて続ける。

「詩織さんのように、大企業を背負《しょ》って立つ人間の忙しさや、プレッシャーの大きさを理解している人が綾仁の側にいてくれてホッとしているのよ。強がっているだけで、あの子はけっこう寂しがり屋だから」

花恵の言葉を聞いているうちに、詩織の目から鱗《うろこ》が落ちるような気がした。

一人で勝手にあれこれ悩んだり、綾仁とひろ美の関係に自分の両親を重ねて引け目を感じていたりしたけど、これは全く違う物語なのだ。

家柄で彼に結婚の提案を受けた自分の存在は、ひろ美にとって、かつて母を傷付けた人間たちと同じであるように感じて心苦しかったけれど、そうじゃない。

ひろ美と会って以来ずっと曇っていた詩織の心に、明るい日が差し込んだ気がした。

ふと脳裏に、年明けに二人で手を繋いで見た海の輝きが蘇《よみがえ》る。

彼から与えてもらった温もりが、共有した時間が、詩織に大事なことを思い出させてくれた。

「確かに綾仁さんは、寂しがり屋なのかもしれません」

毎日、朝晩届く綾仁からのメッセージを思い出して言う。

本当に一人が平気なら、あんなにマメに詩織に連絡を寄こさないだろう。それに気付くと、彼を一人ぼっちにしていることが申し訳なくなる。

「綾仁を正しく理解してくれてありがとう」

花恵の言葉に、詩織はお礼を言うのは自分の方だと首を横に振る。

「理解してもらって、色々支えてもらっているのは、私の方です。綾仁さんは、私の仕事に対する気持ちを理解して、いつも応援してくれています」

綾仁の仕事と詩織の仕事では規模も責任も全く違うけれど、彼は詩織の仕事への熱意を尊重し応援してくれる。それに、上手くいった時は一緒に喜んでくれる。

詩織がその思いを言葉にすると、花恵は笑顔で頷く。

「綾仁は熱心に仕事に取り組む詩織さんのことが、本当に好きなのね」

「それは……」

どうなのだろう？

ただ、ひろ美との顛末《てんまつ》を聞いた今、自分と本当の意味で夫婦になりたいと言ってくれた綾仁とまっすぐに向き合い、彼の真意を確かめたいとは思う。

詩織が、そんなことを考えている間に花恵は話題を変えた。

「最近は、どんなお菓子を発明したの？」

前回会った時に、花恵には詩織の仕事に関して大まかな説明をしていた。その際彼女は、詩織の仕事を『お菓子の発明をする人なのね』という言葉で纏《まと》めた。

彼女のその表現を楽しく思いながら、詩織は次の会議に向けて準備中の最中《もなか》の話をした。

「それは楽しそうなお菓子ね。もし商品化されたら、私にも食べさせてね」

その言葉に、詩織は一瞬返答を詰まらせる。

「もしかすると、年配の方には、少し食べにくいかもしれません」

薬の影響で口の中が乾きやすい花恵は、最中《もなか》の皮が口内に張り付いて食べにくいかもしれない。

それを気遣う詩織に、花恵は問題ないと首を横に振る。

「だってそのお菓子が売り出されるのは、夏になってからなんでしょ？　それまでに体調を整えておくわ。そういう目標があると、治療に前向きになれるのよ」

そう言って屈託《くったく》なく笑う花恵の姿に、胸が熱くなる。

自分の置かれている状況を理解した上で、ポジティブに人生を楽しむ彼女を心の底から尊敬するし、その人柄を好ましいと思う。

「企画が採用されるように頑張りますね」

詩織がそう請け合った時、花恵の部屋のドアをノックする音がした。

「おばあさま、お呼びとのことでしたが……」

そう言いながらドアを開けた綾仁は、花恵と向き合って座る詩織の存在に気付いて、息を呑んで瞳を揺らした。

「詩織さんが遊びに来てくれたのよ。どうせなら、一緒に帰ったらいいと思って」

二人の状況を知らない花恵はそう話し、ついでにゴルフの話を聞かせてほしいと綾仁にも着席を勧めた。


「忙しいのにありがとう」

花恵を交えてしばしの会話を楽しんだ綾仁は、自分の愛車に詩織を乗せて美月波の家を出た。そして車が走り出すとすぐにお礼を言う。

ハンドルを握る彼は、シャワーを浴びた際にゴルフウエアを着替えたそうだが、今は襟《えり》付きのポロシャツにスポーツブランドのアウターといったスポーティーな格好をしている。

「いいえ。楽しかったし、いい気分転換になりました」

詩織が心からの思いを口にすると、ハンドルを握る綾仁が表情を和《やわ》らげた。その横顔を見ていると、詩織の肩から力が抜ける。

「それに、おばあさまに素敵なヒントをもらいました」

思ったより自然に彼と話せていることを嬉しく思いながら、詩織が言う。

「え？」

それを聞いた綾仁が、チラリとこちらに視線を向けてくる。

目の動きで先を促《うなが》してくるけど、詩織としてもまだ言葉で上手く説明できるほど、自分の考えを纏《まと》められてはいない。

「まだアイデアが浮かんだだけですけど、次の金曜日のプレゼンまでにはしっかり企画に纏《まと》めていくつもりです」

「なるほど。じゃあ、プレゼンの後でなら、俺にも詩織がなにを思いついたのか教えてくれる？」

「はい」

そう応《こた》えてから、次の金曜日がバレンタインデーだと気が付いた。

こんな状況ではあるが、クリスマスの失敗を思うと、企画会議の結果を報告するついでにチョコを用意しておいた方がいい気がする。

「どうかしたか？」

突然黙り込んだ詩織に、綾仁が怪訝《けげん》な顔をする。

「な、なんでもないです。えっと……、こんな寒い時期でもゴルフってやるんですね」

気恥ずかしさから話題を変えると、綾仁は「まったくだ」と顔を顰《しか》めた。

そしてそのまま、冬は芝目が短く刈《か》られていてボールが転がりすぎるだの、風が強くて飛距離が伸びないだのといった不満を挙げ連ねていく。

事実として、二月のゴルフは嫌厭《けんえん》されがちで、ラウンド利用料を下げているゴルフ場も多いのだとか。

それなら冬にゴルフなんてやめておけばいいのに……と言いたいところだが、詩織も綾仁が好き好んでゴルフに行ったわけじゃないことくらいはわかる。

「仕事の付き合いも大変ですね」

詩織のいたわりの言葉に、綾仁は「ありがとう」と優しく笑う。それで気持ちが切り替えられたのか、今度は冬ゴルフのメリットについて話し始める。

話の中、あまり上手じゃない人と回る時は、ラフしたボールを探しやすいのが特にありがたいと、さりげなく皮肉を言うことを忘れない。

詩織がクスクス笑っていると、信号待ちで車を停めた綾仁が、こちらにせつなげな眼差しを向けてきた。

「夏瀬家に向かった方がいい？」

暗に彼と暮らすマンションに戻ってこないかと尋ねているのだろう。

結婚の条件として別居を提案した今も、彼のもとに戻っていいのだと言われたようで嬉しくなりながら、詩織は「はい」と、頷いた。

「わかった」

静かな声で応《こた》えて、綾仁は信号の色が変わったことを確認して車を発進させる。

それ以上の会話もなく、詩織は助手席のシートに体を預けて、これまで自分に課してきた三つの誓いを思い出す。

『恋愛に自分の人生を左右させない』『一生責任を持って自分を養ってくれるのは自分だけ』『モテる男には近付かない』。それらの誓いを守っていれば、自立して幸せに生きていけると思っていたが、人生とはなんともままならない。

今の自分は、絵に描いたようなモテ男の綾仁に恋をして、これまでの価値観を日々大きく塗り替えられている。

――最初に綾仁さんの提案に乗った時は、こんな未来が待っているなんて考えてもいなかったな。

あれからまだ数ヶ月しか経っていないのに、自分の価値観は大きく変化した。

そしてその変化が、とても心地よい。

彼と過ごした日々を思い返していると、綾仁が運転する車が夏瀬家の前に到着した。

「ありがとうございます」

詩織がお礼を言ってシートベルトを外しても、綾仁がドアのロックを解除してくれる気配がない。

どうしたのだろうかと思って視線を向けると、同じくシートベルトを外した綾仁が、こちらへ腕を伸ばし、詩織の髪に指を触れさせながら言う。

「詩織、俺は君を愛している」

「え？」

突然のストレートな愛の告白に、詩織は驚いて彼を見つめた。

これまでの暮らしで、彼に愛されているのではないかと感じたことは何度もあった。だけど明確な言葉をもらったのはこれが初めてだ。

「君が家族と過ごしたいのなら、それを止める気はない。だけど俺が君を愛していることだけは忘れないでくれ」

愛おしそうに詩織の髪を撫でてから、綾仁はドアのロックを解除して車を降りていく。

そして、詩織が突然の告白にフリーズしている間に助手席へ回り、ドアを開けて手を差し伸べてくれた。

「じゃあ、犬のことは？」

車から脚を降ろした詩織が、綾仁を見上げて聞く。

もとはと言えば、犬を飼ったことがない彼のその言葉が切っ掛けとなって、詩織はあれこれ悩むことになったのだ。

「犬？」

詩織の言葉に、綾仁が首をかしげる。

「綾仁さん、犬を飼ったことないのに……」

そう言いながら詩織が自分の髪をクシャリと掴んだことで、なにを言いたいのかわかったのだろう。

「もしかして、俺が嘘をついたせいで、詩織を傷付けた？」

申し訳なさそうに眉尻を下げる綾仁は、地面に片膝をついて詩織と目の高さを合わせる。

「傷付いたわけじゃないです……」

ただ、綾仁が他の誰かを自分に重ねているのではないかと思い、彼の過去に嫉妬していたのだ。

難しい表情でおずおずと頷く詩織を見て、綾仁が困ったように笑う。

「君に触れたい。……そんな欲望を素直に口にしたら、怒られると思っていたんだよ」

驚きの告白をして、綾仁は詩織の髪に自分の指を絡める。

「最初、君に契約を持ちかけた時にどれくらいの想いがあったのかは、正直俺にもよくわからない。ただ、今思えば最初から、迷うことなく自分の道を突き進む詩織を好ましく思っていた。そして君の話を聞いて、支えたいと思ったよ」

確かに彼は最初から、詩織の仕事に対して協力的だった。

二人でタルトを買いに行った日のことを思い出していると、綾仁は「その想いを愛と呼んでいいなら、俺は最初から君のことを愛していた」と続ける。

その言葉に、詩織は自分の手を綾仁の手に重ねて、その温もりを確かめた。

「綾仁さん……」

自惚《うぬぼ》れや勘違いではなく、彼に愛されているとわかって胸が熱くなる。

詩織はこれまで、両親の離婚を教訓に、恋愛に感情を振り回されないように、一人で生きていくつもりだった。

彼と一緒に暮らすことで、その価値観は徐々に変わってきていたが、ひろ美の存在を知り、色々なことを考えすぎて、自分の気持ちがわからなくなっていた。

だけど今日、花恵と話したことで、気付いたことがあった。

綾仁とひろ美の恋愛はただの過去であって、今の自分たちにはなんの関係もないということ。そして綾仁は、詩織を愛していると言ってくれた。

押し寄せる感情が喉で詰まって言葉を発せられずにいると、綾仁は詩織の肩に額を当てて言う。

「たとえ一緒に暮らせなくても、俺の気持ちが変わることはない。でももし、マンションに帰ってきてくれるなら、俺は二度と君を離さない。それは、覚悟しておいて」

詩織は重ねていた手を離して、両腕を広げて彼の背中に回した。

「綾仁さん……」

彼を抱きしめて、言葉を続ける。

「そんなふうに言われると、今すぐマンションに帰りたくなるじゃないですか」

その言葉に、綾仁が息を呑むのがわかった。

「詩織？」

顔を上げて、こちらの様子を窺ってくる綾仁の目には戸惑いの色が見て取れる。

どうやら、相手の心がわからず悩んでいたのは、詩織一人だけじゃなかったらしい。

「ごめんなさい。最近の私は、あれこれ難しく考えすぎていました」

数日前に綾仁に伝えた言葉をなぞり、まっすぐに彼を見つめて正直な思いを口にする。

「私も、貴方を愛しています」

その言葉に綾仁が大きく目を見開いた後、蕩《とろ》けるような笑みを浮かべた。

「詩織に嫌われたのかと思って、焦った」

綾仁があの日と同じ台詞《せりふ》を口にしたことで、彼がそこからやり直したいのだとわかった。

詩織の予想どおり、綾仁は少し泣きそうな顔で言う。

「君に嫌われるなんて耐えられない。本心からそう思っている」

その告白に詩織も泣きそうになる。

「私も……同じ気持ちです」

「詩織、君を心から愛している」

そう言って、綾仁は詩織に顔を寄せた。

互いの頬に手を添えて、唇を重ねる。

相手の吐息や肌の温もりを通して、綾仁の想いが自分の中へ浸透《しんとう》してくるのを感じた。

「……っ」

「まいったな」

短いが、濃厚な口付けを終えると、綾仁がこちらの顔を覗き込んでくる。

「え？」

言葉の意味がわからず聞き返す詩織に短いキスをして、綾仁が立ち上がった。

「そんなことを言われて、君と離れられるわけがない」

「綾仁さん？」

「君をこのまま連れ去ることを、夏瀬社長に謝ってくるよ」

戸惑う詩織にそう告げて、綾仁は一人で夏瀬家に入っていこうとする。

「待ってください。私も一緒に行きます」

自分たちの未来の話を、彼一人に任せるつもりはない。

詩織は急いで車から降り、その背中を追いかけた。


「一生、詩織に片思いする覚悟でいたよ」

夜、自宅マンションのリビングで、綾仁はそう言って照れたように笑う。

あの後、綾仁は貴彦と圭一にこれまでの経緯を説明して謝罪し、改めて詩織に対しての誠実な想いを告げた。

そして、これ以上詩織と離れて暮らすことが耐えられないと、訴えたのだ。

綾仁の人柄を理解し、詩織の想いを知る貴彦と圭一は、彼の謝罪を受け入れ、全ての決断は詩織に任せると言ってくれた。

家族に背中を押されて、詩織は綾仁の暮らすマンションに戻ってきたのだ。

たった数日、実家に戻っていただけなのに、マンションに入った瞬間、『帰ってきた』という気持ちになった。それは、詩織にとって、すでに綾仁と暮らすこのマンションが自分の居場所になっているからだろう。

「私も、同じことを思っていました」

綾仁と並んでソファーに座る詩織も、照れつつも自分の正直な想いを打ち明ける。

彼を心から愛しているから、片思いでも別れるという選択ができずにいた。

「綾仁さんのおばあさまから、家で犬を飼ったことがないと聞かされて……綾仁さんは私じゃない他の誰かを私に重ねて見ているんだと思ったんです」

詩織の言葉に、綾仁が「ごめん」と謝る。

マンションに戻ったのはそれほど遅い時刻ではなかったが、綾仁の提案で、夕食はデリバリーで済ませることにした。

料理が届くのを待つ間、それぞれシャワーを浴びてラフな部屋着に着替えた。そして食事を取りながら、これまでお互いが胸に秘めていた想いを打ち明け合った。

食事が終わった後は、場所をリビングのソファーに移して軽くアルコールを楽しみながら話を続けていた。

麻のブラウスに軽い素材のスカートを合わせている詩織の髪は、まだ微かに湿り気がある。

そんな詩織の髪に指を絡めながら綾仁が言う。

「俺が正直に告白していれば、こんな遠回りをする必要はなかったのにな」

後悔を滲《にじ》ませる綾仁に、詩織は持っていたグラスをテーブルに戻して首を横に振る。

「そのおかげで、私は、父の真意を知ることができました」

だからこれは、必要な遠回りだったのだろう。

詩織の意見に、綾仁が表情を和《なご》ませる。

「確かに俺も遠回りをしたことで、家族を持つことの意味を知ることができた」

綾仁はソファーから下りると、床に片膝をつき、詩織の右手を取って甲に口付ける。

彼の突然の行動に驚く詩織に、彼は真摯《しんし》な眼差しを向けてきた。

「詩織がいないこの数日間は、世界から色が消えたように味気なかった。俺の人生に、君は欠かせない存在なんだと思い知らされた」

「綾仁さん……」

「詩織、どうか俺と結婚してくれ」

もちろんそれは、最初に彼が提案した契約結婚ではない。

相手の喜怒哀楽を自分のものとして共に受け止め、一緒に幸福を模索して生きていく、人生のパートナーになってほしいという意味だ。

彼と真の意味で家族になりたいと思って戻ってきた詩織が、それを断るわけがない。

「はい。喜んで」

涙ぐみながら詩織が頷くと、綾仁に手を引かれた。

不意の動きに対応しきれず、体が彼の方へと傾く。詩織が「あっ」と、小さな声を漏らした時には、体は彼の腕の中にあった。

詩織の体を受け止めた綾仁は、その背中に腕を回して強く抱きしめる。

「愛している」

愛情を凝縮《ぎょうしゅく》させたような甘い声で囁《ささや》いた綾仁の顔を見上げると、唇が重なる。

「……ッ」

絶対に詩織を手放さない。それを実践するように、綾仁は詩織を強く抱きしめて深く口付けた。

強く唇を重ねて舌で詩織の唇を押し割り、性急に舌を絡める。

問答無用で自分を求めてくる情熱的な綾仁の口付けに、詩織の息遣いはあっという間に乱されていく。

情熱的な口付けは、言葉よりも雄弁《ゆうべん》に彼の想いを語り、こちらの理性を溶かしていく。

――彼に溺《おぼ》れている。

それはこの口付けだけのことじゃない。

最初は敬遠していたはずなのに、気が付けば彼の存在に惹《ひ》きつけられて、自分の価値観を塗り替えられてしまった。

その結果、今の自分は一人で生きていくと決めていた頃よりずっと幸せになっている。

「綾……仁さん、……も……っと」

濃厚な口付けの合間に、詩織が淫《みだ》らなおねだりをする。その言葉に、綾仁が笑ったのが密着している唇の動きでわかった。

「俺を煽《あお》ったこと、後悔するなよ」

口付けを解いてそう告げるなり、綾仁は詩織の体を抱き上げる。

「きゃぁっ」

素早い動きで背中と膝裏に腕を回され、軽々と抱き上げられた詩織は、小さな悲鳴を上げた。

チラリとこちらに視線を向けて、驚く詩織の表情を楽しんだ綾仁は、そのまま詩織を自分の寝室へ運ぶ。

全館空調で室温は整えられているが、初めて入る彼の寝室はリビングに比べて空気が冷えている気がした。

その分、薄いシャツ越しに彼の体温を強く感じる。

「綾仁さん」

これまで彼が一人で使っていたベッドの上に下ろされると、言いようのない心細さを感じた。

詩織はマットレスに肘をつき、中途半端に上半身を起こして彼を見る。マットレスの端に腰を下ろした綾仁は、腰を捻《ひね》って詩織へ顔を寄せた。

「俺を煽《あお》るなと忠告したはずだ」

綾仁は詩織に、獰猛《どうもう》な雄《おす》の欲望を隠さない眼差しを向ける。

視線から彼の劣情を感じ取った詩織が思わず身じろぎすると、綾仁は一方の腕でバランスを取りつつ、もう一方の手で詩織の頬を撫でた。

「俺は二度と君を離さないから、覚悟しておいてと言ったはずだ」

今日、詩織を夏瀬家まで送った綾仁に、そう宣言された。

「離さないで」

彼の手に甘えながら詩織が頷く。

「当然だ」

綾仁は頬を撫でていた手で詩織の顎《あご》を持ち上げ、唇を重ねる。

先ほど以上に濃厚で淫《みだ》らな口付けは、詩織の情欲を誘う。

それは彼の動きが巧みだからだけじゃない。重なる吐息、頬を撫でる指、彼の存在全てが惜しみない愛情を詩織に伝えてくるからだ。

愛する人に愛される喜びを共有したくて、詩織からも舌を絡めて彼を求める。

「ん……っ……はぁっ」

口付けの合間に、綾仁は詩織の耳朶《じだ》をくすぐり、首筋を撫でた。

不意打ちの刺激に、詩織が思わず首をすくめると、その隙をついて綾仁に肩を押され覆い被さられる。

「詩織、ずっと君に触れたかった」

熱っぽい声で囁《ささや》き、詩織の首筋に顔を埋《うず》めた。

舌先で詩織の首筋や耳朶《じだ》を愛撫《あいぶ》しながら、詩織が着ているシャツのボタンを外していく。

「あっ……」

前をはだけられ、空気が肌に触れる感覚に詩織は小さな声を漏らす。

でもそれは拒絶の意味ではない。前回は、互いの本心がわからない不安から貪《むさぼ》るように相手の体を求め合った。

だけど今、互いの想いを知り、その想いの深さを確かめ合うように体を重ねられることが嬉しいのだ。

「詩織、愛している」

そう囁《ささや》きながら詩織のブラウスを脱がし、徐々に一糸纏《まと》わぬ姿にしていく。

無防備な胸に彼の手が触れると、詩織は小さく息を呑んだ。

「……」

部屋の照明は点《つ》けていないが、窓から差し込む明かりと、点《つ》けっぱなしになっていた常夜灯の明かりで彼の表情を窺い知ることができる。

詩織に馬乗りになってこちらを見下ろす彼の眼差しは、情熱に満ちている。その眼差しが恥ずかしくて詩織が手で胸を隠そうとすると、綾仁に手を掴まれてしまった。

その手に軽い口付けをされて、以前のように頭の上で押さえ込まれる。

「隠さないで。詩織の全てを俺に見せて」

そう囁《ささや》きながら、綾仁は詩織の肌に顔を寄せる。

胸の先端に口付けをされ、詩織は体をビクンッと跳ねさせた。

それに気を良くした綾仁は、自分の唾液を絡めるようにして胸の上に舌を動かしていく。

「あんっ……ッ………ぁっ」

眼差しだけですでに敏感になっていた肌は、彼に与えられる刺激に過剰な反応を示す。

胸の頂《いただき》を咥《くわ》えられて甘噛みされると、全身に微弱な痺《しび》れが走る。

甘い悲鳴を上げる詩織に抵抗の意思がないことを感じ取り、綾仁は掴んでいた手を離して、詩織の左右の胸の膨らみを両手で中央に寄せて交互にキスの雨を降らせてきた。

わずかながらに芯を持ち始めていた胸の先端は、その刺激でしっかりとした硬さをもっていく。

「詩織の声や肌は、いやらしく俺を誘うな」

詩織の胸に舌を這《は》わせる綾仁が、不意に顔を上げてそんなことを囁《ささや》く。

「言わない……で」

羞恥心《しゅうちしん》から、か細い声で抗議すると、綾仁がニッと口角を上げた。

「褒《ほ》めているんだ」

癖のある表情でそう告げて、綾仁は再び胸に顔を寄せる。

ねっとりと舌を這《は》わせながら、胸を揉みしだく。彼に与えられる刺激に、詩織は小さく体を跳ねさせながら、シーツの上で踵《かかと》を滑らせくぐもった声を漏らす。

「ふぁ……うっ………ぁやぁ……」

彼に言われたことが気になって、口を押さえて声を堪《こら》えようとするのだけれど、敏感になっている肌は彼に刺激を与えられる度に淫《みだ》らな熱を引き起こして詩織を苛《さいな》む。

「声を我慢しないで。詩織が乱れる声を俺に聞かせてくれ」

そう囁《ささや》いて上半身を起こした綾仁は、着ていたシャツを脱ぐ。

自分を見下ろす彼は、惚れ惚れするほど引き締まった体をしている。

芸術品のような綾仁の体に気を取られていると、彼はすぐにまた詩織に覆い被さり胸への愛撫《あいぶ》を再開させる。

直《じか》に触れる彼の体温に、詩織の鼓動が早鐘を打つ。

寝室に入った時は少し肌寒く感じたのに、気が付けば肌が上気して、お互いうっすらと汗ばんでいた。

綾仁は詩織の胸の先端を甘噛みし、詩織の情欲を誘う。

「――ッ」

思いのほか強く胸の尖りを噛まれた詩織が、そちらに気を取られていると、彼女の腰を撫でていた綾仁の手が脚の付け根を愛撫《あいぶ》してくる。

ヌルリと滑る手の動きで、自分の体の変化を自覚した。

「いつから濡らしていた？」

上目遣いでこちらに視線を向けた綾仁に聞かれるが、そんなこと恥ずかしくて答えられない。

詩織が羞恥心《しゅうちしん》から視線を逸らすと、綾仁は「淫乱」とからかうような声で告げ、上体を起こした。

「意地悪」

自分を見下ろす彼の胸を右手で軽く押して、詩織がなじる。

綾仁はその手を取り、指先に口付けてニッと笑う。

「嘘。詩織が俺で感じて、乱れる姿を見たいだけだ」

情欲に満ちた眼差しをこちらに向け、そう告げた綾仁は、詩織の脚を割り開く。

「あっ、キャッ」

戸惑いの声を上げる詩織に構わず、綾仁は内ももに口付けをしてそのまま顔を陰唇に移動させた。

クチュリと粘着質な水音と共に、彼の舌が詩織の蜜口を舐《な》める。

艶《なま》めかしくて淫《みだ》らなその感覚に、詩織は喉を反《そ》らして喘《あえ》ぎ声を漏らした。

「あ……やぁぁ……綾仁さ………ぅ」

声にならない声を漏らして、詩織の踵《かかと》がシーツを滑る。

敏感な場所を舌で撫でられ、容赦なく蜜を啜《すす》られる。すごく恥ずかしいのに、どうしようもなく気持ちがいい。

体の奥からとめどなく蜜が溢れ出してくる。

詩織の乱れる姿が見たいと話した綾仁は、その欲求を満たすため、執拗《しつよう》に詩織を乱していく。

淫猥《いんわい》な水音を立てながら愛蜜を啜《すす》る綾仁は、舌で詩織の敏感な場所を転がし、指を膣の中に沈めてきた。

「ふぁぁぁ……あんっ」

彼の愛撫《あいぶ》に、詩織は背中を弓なりに反《そ》らした。強く閉じた瞼《まぶた》の裏で光が明滅する。

——やぁ……恥ずかしいのに……

快楽に思考が溶かされて、綾仁のことしか考えられなくなっていく。

綾仁に肌を晒《さら》して、体中を愛撫《あいぶ》される。体はその刺激に歓喜し、詩織の判断力を奪っていく。

彼から与えられる快楽に翻弄《ほんろう》され、詩織は熱い息を吐く。

「綾仁……さん……、もう……」

一際強烈な刺激に、激しく体を震わせた詩織が肩で息をしながら名前を呼ぶと、綾仁が顔を上げた。

口元を乱暴に拭う彼に向かって手を伸ばすと、綾仁は詩織に顔を寄せ、唇を重ねる。

「もっと、綾仁さんが欲しいです」

恥ずかしさを堪《こら》えて詩織が言うと、綾仁は薄く笑って「わかった」と囁《ささや》く。

詩織の髪を優しく撫でた彼が、スラックスと下着を纏《まと》めて脱ぎ去ると、欲望を滾《たぎ》らせた彼のものが姿を見せる。

詩織は気怠《けだる》い体をどうにか起こすと、彼のものに手を伸ばす。

「詩織……」

思いがけない行動に驚いたのだろう。

綾仁が戸惑いの声を出した。

詩織はそれに気付かないフリをして、彼のものを両手でそっと包み込んだ。

小動物のような温もりを持ったそれは、詩織が手を動かすとスルリと皮をスライドさせる。

その刺激に、詩織の手の中のものが小さく跳ねた。

彼の素直な反応が嬉しくて、詩織が上下に手を動かしているうちに、鈴口の先端に透明な汁が滲《にじ》み出す。

それを鈴口全体になじませるように指を動かすと、綾仁が苦しげな息を吐いた。

「綾仁さん、気持ちいいですか？」

素直な疑問を口にする詩織に、綾仁が「バカ」と困ったように息を吐く。

当たり前のことを聞くな……、小さな声でそう言って、詩織の体を引き寄せようとした。

だけど詩織は、彼の求めを拒《こば》むように体を折って、彼の欲望の象徴へ顔を寄せる。

「っ詩織……っ」

その声の後半は、甘く蕩《とろ》けていた。詩織が彼の雁首《かりくび》に口付けをしたからだ。

これまで散々詩織を翻弄《ほんろう》してきた綾仁が、自分の与える刺激に感じてくれている。それが嬉しくて、詩織はそのまま彼のものを口に含んだ。

「ん……んっ……ッ………」

あまりしたことのない行為だけど、彼にも自分を感じてほしくて、詩織はそのまま口での行為を続ける。

太く硬い彼のものを口に含んで、顔を動かす。彼のものは猛々《たけだけ》しいほどの存在感で、全てを口に含むことはできない。口に入り切らなかった部分は手で包み込んだ。

そうやって口と手の動きで彼を刺激していくと、鈴口から滴《したた》る汁の量が増えるのがわかった。

それと共に、綾仁が小さく唸《うな》る。

——私に感じてくれているんだ。

そう思うと、なにもしていないのに、詩織の奥からも蜜が溢れ出してくる。

彼を感じさせているのか、彼に感じさせられているのかわからなくなりながら、綾仁の屹立《きつりつ》に舌を絡めて上下に扱《しご》く。

口の中で、綾仁のものが一回り大きくなるのがわかった。

舌先で彼の血管の隆起を感じ、その筋に添うように舌を動かしていると綾仁が低く呻《うめ》いた。

「詩織」

自分の名前を苦しげに呼ぶ彼に肩を押され、詩織は顔を上げた。

詩織の唾液に濡れた彼のものは、赤黒く、凶暴なまでの存在感でそそり立っている。それを目《ま》の当たりにした詩織の下腹部が甘く疼《うず》いた。

「気持ち……良くなかった？」

肩を押された理由がわからず詩織が聞く。

「バカだな」

綾仁は詩織に口付けて「その逆だ」と囁《ささや》き、詩織を自分の下に組み伏せる。

「気持ちよすぎて、挿《い》れる前にイキそうになった」

ベッドサイドのチェストから避妊具を取り出した綾仁は、手早くそれを装着し、詩織の脚を持ち上げた。

綾仁はそのまま詩織の片脚を自分の肩にかけて、詩織の体の横に手を突いて顔を覗き込んでくる。

「あ……」

かなり大胆な姿勢に、詩織が戸惑うように瞳を揺らした。

綾仁は、その表情を味わうように背中を丸め、その頬に口付けながら囁《ささや》く。

「詩織も、俺のことをしっかりと感じて」

ゾクリとするほど艶《つや》っぽい声で言いながら、詩織の額にも口付けを落とし、手を自分の昂《たかぶ》りに添えた。

「愛している」

詩織の額に唇を触れさせたまま、綾仁は体を近付けてきた。

「あぁぁぁぁっ」

散々感じさせられた後の体は、挿《い》れられただけで軽く達してしまう。

圧倒的な存在感に、詩織は口元に手を添えて喘《あえ》いだ。

蜜にふやけた膣は、彼の挿入を喜ぶようにわななき、彼のものに絡み付いてきゅうきゅうと締め付ける。

その刺激に綾仁が苦悶《くもん》の表情を浮かべた。

「詩織の中、熱くて気持ちいいよ。痛いくらいに俺のものを締め付けて、離したくないって言っているみたいだ」

そのとおりです。そう言葉にする代わりに、詩織は綾仁に向かって手を伸ばした。

綾仁は詩織の手のひらに口付けて、そのまま腰を進めてくる。

自分の全てを一気に押し込むのではなく、浅い部分で行き来させる。

その動きに、詩織は腰をくねらせて喘《あえ》いだ。

綾仁は一方の腕でバランスを保ちながら、もう一方の手で詩織の胸の膨らみを揉みしだく。ふっくらした胸の膨らみに彼の指が食い込む感覚が、痛いのに気持ちがいい。

胸を愛撫《あいぶ》されながら腰を揺すられ、意識がぐずぐずに蕩《とろ》けていく。

すごく気持ちがいいのに、どこか物足りない。

「綾仁さ……ッわた…………し、あの……」

彼が詩織の片方の脚を肩にかけていることで、腰を中途半端に捻《ひね》る姿勢となり、自然と上目遣いで彼を見る形となる。

「これだけじゃ物足りない？」

彼の好きにされながら、せつなげな視線を向ける詩織に綾仁が聞く。

そう尋ねられて、詩織は彼が浅い抽送《ちゅうそう》を繰り返す意味を理解した。

彼はとことん詩織に求めてほしいのだ。

「綾仁さん……もっとちょうだい」

意を決した詩織が恥ずかしさを我慢しておねだりの言葉を口にすると、彼はそっと口角を上げる。

そして詩織の脚を肩から下ろし、両手で彼女の腰を掴んで一気に自身を深く埋め込んできた。

「あぁぁぁぁっ」

媚肉を擦りながら一気に奥まで到達した彼の存在感に、詩織は身をくねらせながら嬌声《きょうせい》を上げる。

けれど、望んだ言葉を詩織から引き出し、欲望を剥《む》き出しにした綾仁の動きは容赦がなかった。

詩織の体を大きく揺さぶる勢いで腰を打ち付けてくる。

凶暴なまでの存在感を持った彼のものが、詩織の内側を蹂躙《じゅうりん》していく。

隘路《あいろ》を限界まで押し広げ、クチュクチュと淫靡《いんび》な水音を立てながら弱いところを突いてくる。自分の存在を刻み込むように綾仁が腰を動かす度に、詩織は脊髄《せきずい》に電流を通されるような喜悦《きえつ》を覚えて喘《あえ》いだ。

「あぁ……綾仁さぁ………もぅっ」

脳が焼き切れるほどの快楽に、詩織は弱々しい声で彼に訴えかけた。

でも体は、さらなる刺激を求めて蜜を滴《したた》らせ、彼のものに絡み付く。

綾仁もそれを感じているのだろう。

詩織を深く貫いたまま「もっと、の間違いじゃないのか？」と、からかってくる。

その言葉に詩織が羞恥心《しゅうちしん》で顔を赤くした。

「自分の欲望に素直になれ」

どこか命じるような口調で告げながら、綾仁は挿入の角度を変えて詩織を突き上げてくる。

「ハアァッ」

内側の弱い部分をえぐるような彼の動きに、詩織は背中を反《そ》らして喘《あえ》ぐことしかできない。

自分が自分でなくなりそうな恐怖に、詩織は無意識に腰を捻《ひね》り彼の攻めから逃れようとする。だけど角度を変えたことで、より強く彼の存在を感じることになってしまう。

「いい反応だ」

綾仁はそう言って詩織の中から自分のものを抜き出すと、中途半端に体を捻《ひね》っていた詩織をうつ伏せにして腰を高く抱え上げる。

冷静な判断力を失い、綾仁にされるままの詩織は、気が付けばネコが背伸びをする時のような体勢を取らされていた。

綾仁はそんな詩織の体に背後から覆い被さり、再び自身の欲望を沈めてくる。

「ふぁぁはぁぁっ」

挿入の角度が変わったせいか、より強烈に彼の存在を感じ、詩織は羞恥《しゅうち》を忘れて淫《みだ》らに喘《あえ》ぐ。

不慣れな体勢で腰を揺すられ、頭を低くしていた詩織はマットレスに頬を埋《うず》めてシーツを握りしめる。堪《こら》えようとしても、詩織の経験のさらに上をいく快楽をやり過ごすことはできない。

「詩織の中、ぐずぐずに蕩《とろ》けて痙攣《けいれん》しているよ」

背後の綾仁は左腕で詩織の腰を掴みながら、右手をシーツを握り締める詩織の手に重ねてきた。耳元で囁《ささや》かれる言葉が、詩織の体をいっそう刺激する。

自分の腕の中に詩織を閉じ込めた綾仁は、これ以上ないくらい激しく彼女の体を蹂躙《じゅうりん》していく。

「綾仁さん……もう……」

彼の欲望を受け止め、浅い呼吸を繰り返していた詩織が、せつない声で訴えた。

「限界？」

彼の言葉に、小刻みに頷くことで返事をする。

少し残念そうに息を吐いた綾仁は、腰の動きを加速させた。そうしながら腰を支えていた手で、詩織の無防備な肉芽を転がす。

「―――っ！」

不意打ちの強烈な刺激に、詩織は声にならない声を上げて達した。

視界で白い光が弾けて、体から力が抜ける。

しかし綾仁に腰を掴まれているため、その場に崩れ落ちることもできない。

「大丈夫。そのまま俺を感じているんだ」

綾仁にそう言われ、朦朧《もうろう》としていた詩織は、どうにか意識を繋ぎ止めて手足に力を入れる。

「いい子だ」

綾仁は甘い声で囁《ささや》き、一際強く詩織を揺さぶった直後、自分の欲望を詩織の中に吐き出した。

「あぁぁっ」

薄い膜越しに、自分の中で彼の欲望が爆《は》ぜるのを感じて、詩織もあえかな声を上げる。

そのまま脱力して、深いまどろみに落ちていきそうな体をどうにか動かし、綾仁の体に縋《すが》り付く。

「もう決して離さない」

詩織の体をきつく抱きしめて、綾仁が囁《ささや》く。

その言葉に詩織は腕に力を込めることで応《こた》えた。

10　永遠のお別れ

金曜日、企画会議を終えた詩織は、綾仁へのバレンタインデーの贈り物を手に、彼と暮らすマンションへ戻ってきた。

お互いの気持ちを確かめ合って、せっかく再び一緒に暮らすようになったのに、企画会議を前に新たなアイデアを思いついた詩織の毎日は非常に忙しかった。

残業で遅くなったり、家に戻ってからもあれこれ試作品を作ったりと、綾仁と甘い時間を過ごすどころではない。

詩織としては一方的に実家に帰った上に、戻ってきてからろくに家事もしないで台所を汚している状況は心苦しいばかりだ。けれど、忙しい両親を見て育った綾仁は、そういった状況にも理解があり、詩織に代わって進んで家事をしてくれていた。

しかし、そんな嵐のような日々も今日で一区切り。

企画会議の結果報告をするついでに、これまでの感謝の意味も込めた、バレンタインデーの贈り物を渡そうと思っていた。

「綾仁さんも、今日はなるべく早く帰るって言ってたし」

彼が帰ってくるまでに、洗濯機を回して簡単に部屋を片付けて、食事の準備をしておきたい。

詩織はマンションのエントランスへ続く緩やかな坂道を歩きながら、効率よく家事をこなす計画を立てていく。

――仕事に没頭するのも楽しいけど、こういうことを考える時間も悪くないな。

持っている紙袋に視線を落とし、そっと笑う。

詩織がエントランスの入り口でセキュリティを解除しようとした時、背後から声をかけられた。

「貴女、綾仁君の……」

彼のことをそう呼ぶ女性の声で、振り向く前から詩織には背後にいるのが誰か、わかってしまった。

――二度と会いたくないと思っていたけれど、無視するわけにもいかないよね。

詩織が覚悟を決めて後ろを振り返ると、案の定、そこにはひろ美がいた。

エントランスに続く坂道には、歩行者の目隠しになるよう樹木が植えられている。その陰に隠れるように立っていたひろ美が、こちらへ近付いてきた。

「やっぱり、綾仁君の婚約者よね」

白い息を吐きながら詩織に話しかける彼女の手には、小さな紙袋が握られていた。詩織も買いに行ったことがある有名パティシエがいるスイーツ店のものだ。

今日はバレンタインデーなだけに、つい目が行ってしまう。

そんな詩織の視線に気付いたひろ美は、わざとらしくそれを背中に隠す。

「変な誤解しないでね。これは、彼に優しくしてもらったお礼なの」

優しく……というのは、綾仁が言っていた弁護士を紹介したという話のことだろうか。

そうだとしても、バレンタインデーの日に、寒い屋外で待ち伏せしなくてもいいのではないか。

前回は、詩織にまだ綾仁に愛されている自信がなく、突然の彼女の訪問に冷静さを失ってしまっていた。

だけど今、冷静な状態で向き合ってみると、ひろ美はわざと相手が誤解するような言い方をしているのだと気付く。

「それなら私が綾仁さんに渡しておきますよ」

ダウンコートを着て、マフラーに顔を埋《うず》めるひろ美は、頬を赤く染めて寒そうにしている。

綾仁もじき帰って来るとは思うけど、それだけのために寒空の下で待たせるのも悪い。

こちらとしては相手を気遣った善意の申し出のつもりだったのだけど、ひろ美はひどい攻撃を受けたような顔をして背中に隠した袋を大事そうに胸に抱く。

「私が、自分で渡したいから」

本人がそう言うのであれば、その意見を尊重するしかない。

とはいえ真冬の寒空の下、彼女を放置しておくのも気が引ける。

マンションのエントランスには来客と話をするためのラウンジスペースがあるので、そこで待つように声をかけようか。

綾仁の許可なく自室に彼女を招き入れるつもりはないが、共用スペースなら問題ないだろうか。

「とりあえず、綾仁さんに帰宅時間の確認をしますね」

早く帰るとは聞いているけど、仕事でなにかあれば予定どおりに帰れないこともある。

遅くなるようなら、出直してもらった方がいい。

そう思いスマホを操作しようとすると、それをひろ美が止めた。

「やめて！　そんなことして、彼を困らせたくないから」

そう言って、悲しげに視線を落とす彼女の姿は一見儚《はかな》げなのだが、詩織からすると、人間としてちぐはぐな彼女の態度に「そうですか……」としか言えない。

詩織の常識では、相手の迷惑を考えるなら、いい年をした大人がアポもなく自宅の前で待ち伏せする方がどうかと思う。

前回も同じように、寒い中長時間外で待っていたのだろう。寒さで瞳が潤《うる》むのも当然と言える。

だからあの時、詩織はつい、『どこか暖かいところに入って』と、言ってしまったのだ。

綾仁の同級生だったということは、詩織より年上なのは確かだけれど、線が細くて可愛らしい雰囲気のひろ美は、相手の庇護欲《ひごよく》を誘うのかもしれない。

そのせいで、彼女に若かりし日の母の姿を重ねてしまい、色々と悩むことになったのだけど、こうやって改めて向き合ってみると、ひろ美は詩織の母とは全然似ていない。

詩織の母は、繊細で感受性の豊かな人ではあったけど、相手の迷惑を顧《かえり》みずねっとりと自己主張をするような人ではなかった。

むしろ、弱い自分が貴彦の負担にならないようにと、離婚後は父に頼ることなく、女手一つで立派に詩織を育ててくれた強い人だ。

——綾仁さんとひろ美さんの関係は、両親とは全く違う。

改めてその事実を噛みしめていると、その沈黙をどう勘違いしたのか、ひろ美は今にも泣き出しそうな顔で言う。

「私のこと、不愉快な存在だって思っているわよね。でも大企業の社長令嬢の貴女と違って、私には、頼れる人は綾仁君しかいないの。彼は私を愛してくれていたのに、事情があって別れることになったことを、私、今でも後悔していて……」

——だから、綾仁さんを自分に譲れとでも言いたいのだろうか？

この人は、二人が別れた経緯を、詩織が知っているとは思わないのだろうか。

嘘をつくわけではないが、敢えて誤解を招くような話し方をするひろ美の狡猾《こうかつ》さに、次第に不快な気分になってくる。

詩織の母のように純粋な人相手になら有効かもしれないけど、生憎《あいにく》詩織にその手の揺さぶりは効かない。

先日は、相手の意図がわからなかったから様子を見たけど、こちらの関係を壊そうとする明確な悪意に気付いた以上、わざわざ相手をする義理はない。

詩織は感情を落ち着けるために小さく息を吐く。そして自分の前に立つひろ美の目をまっすぐに見て言った。

「だとしたら、それは貴女の問題ですね」

「え？」

一呼吸置いて告げた詩織の言葉に、相手は目を丸くする。自分の涙ながらの訴えを、そんな言葉で片付けられてしまうとは思ってもいなかったのだろう。

だが、ひろ美に対して詩織の持つ感想は、それ以外になにもない。

人間関係はギブアンドテイクなのだ。

それなりの年齢を重ねたひろ美が、昔の恋人しか頼る人がいないと言うなら、それは彼女がこれまでの人生で希薄《きはく》な人間関係しか築いてこなかったということだ。

もしくは、昔の恋人と復縁するための口実として口にしたのかもしれないが。

なんにせよ、彼女の言うことに詩織が負い目を感じることはなにもない。

なにより、こんな自分勝手な女に、綾仁を譲ったりするものか。

詩織が冷めた眼差しを向けると、儚《はかな》げな雰囲気をかき消した相手が苛立った眼差しをこちらに向けてくる。

「貴女……ッ」

ようやく彼女の本性を垣間見た気がした。

「その辺にしてもらえないか？」

ひろ美がなにか言おうとした時、エントランス前の植え込みの陰から綾仁が顔を覗かせた。突然現れた彼の姿に、ひろ美は、素早く怒りの表情を引っ込め瞳を潤《うる》ませる。

「綾仁君、私、彼女に……」

さも詩織にひどい言葉を投げかけられ、それを堪《こら》えています、といった感じで、ひろ美は言葉を切って視線を落とす。

綾仁がどこから自分たちの会話を聞いていたのかはわからないけど、上辺の会話だけを切り取れば、詩織が悪いという印象を綾仁に与えそうな場面ではある。

詩織がなにも言わずに綾仁の反応を見守っていると、彼はひろ美の肩に手を載せて言った。

「また会いに来てくれてありがとう」

薄く微笑む綾仁の言葉に、ひろ美の顔に喜色が浮かぶ。けれど綾仁は、彼女からすぐに手を離して、その脇をすり抜け詩織の隣に立つ。

「若い頃は気付かなかった、君の狡猾《こうかつ》で卑怯《ひきょう》な姿をしっかり見せてもらったよ。おかげで、この先の人生で、君を思い出すことは二度とないだろう」

「えっ……違うの……それは、彼女の言い方がひどくて………」

彼が自分たちの会話をどの程度聞いていたのか想像しつつ、ひろ美は言葉を探す。

しかし綾仁はすでにひろ美から興味を失ったように、詩織を抱き寄せその頬にキスをする。

「人前でやめてください」

詩織は彼の胸を押し、体を遠ざけた。

そんなふうに邪険に扱っても、綾仁は詩織だけを見て愛しそうに微笑んでいる。

「綾仁君……っ！」

名前を呼ばれ、ひろ美に視線を戻した綾仁は、笑みを消して冷めた声で言う。

「そういえば、弁護士から君に連絡がつかないと伝言を預かっている。詳しいことは聞いていないが、裁判になれば、君が慰謝料を払う覚悟をしておいた方がいいそうだ」

「……」

「それじゃあ、会いに来てくれてありがとう。そして永遠にさようなら」

そんな別れの言葉を告げ、綾仁はエントランス前のセキュリティを解除する。

言われたひろ美は、脱力したようにその場にヘナヘナと座り込んだ。

綾仁はそんな彼女を見ることもなく、詩織の肩を抱いてマンションの中へ入っていった。

「彼女、いいんですか？」

「いいんだよ。どうせもういなくなっている」

背後を気にする詩織に、平然と綾仁が言う。

まさかと思って振り返ると、彼の言葉どおり自動ドアの向こうに彼女の姿はなかった。

救いの手を差し伸べてくれる人がいなければ、あっさり自分の足で歩いていける人だったようだ。

「慰謝料って、彼女旦那さんとなにかあったんですか？」

二人でエレベーターに乗り込み、好奇心からそう尋ねると、綾仁は、ひろ美がホストに入れ揚げ家の金を貢いでいたことが発覚し、夫と揉めているのだと教えてくれた。

激怒する夫に、ひろ美は仕事が忙しいからと自分に寂しい思いをさせた彼が悪いと主張している
そうだ。

弁護士の守秘義務を考えて、先ほどは詳しいことは聞いていないと言ったが、紹介したのは綾仁の会社の顧問弁護士なので、ひろ美の弁護を断る理由を納得してもらうために、遠回しな言葉なが

らそうとわかる事情を教えてくれたのだという。

「なるほど」

簡単な説明を聞き終えたタイミングで、エレベーターが指定の階に到着した。

二人で部屋に入り、玄関先で革靴を脱ごうと姿勢を低くした綾仁は、詩織が持っていた紙袋に視線を留める。

「詩織、それは？」

「……」

本当は、もっとムードのあるタイミングで渡したかったのだけど、思いのほか綾仁の帰りが早かったのと、ひろ美の訪問のせいで計画が崩れてしまった。

そのことを不満に思いつつ、詩織は靴を脱いだところで綾仁に袋を差し出す。

「バレンタインデーのチョコです。忙しくて、市販のものになってすみません」

「ありがとう」

詩織からバレンタインデーの贈り物があるとは思っていなかったのだろう。綾仁がすごく驚いた顔をした。

彼にそんな顔をされると、らしくないことをしてしまった自分がひどく恥ずかしくなる。

「こんな渡し方をするつもりじゃなかったのに……。本当は、クリスマスの反省を踏まえて、料理を作って綾仁さんの帰りを待って……とか、色々計画していたんですけど」

早口で言い訳のような言葉を並べて「来年はもっと早くから準備します」と、無理やり話を締めくくり奥へと向かう。

「待って」

荷物を玄関に残し、慌てて後を追いかけてきた綾仁が、詩織の腰に腕を回して引き留める。

「綾仁さんっ⁉」

突然の抱擁《ほうよう》に驚く詩織の首筋に顔を埋《うず》めて、綾仁が言う。

「ありがとう」

「し、市販のチョコですよ」

詩織が贈ったお菓子は、クリスマスに綾仁が用意してくれたケーキのような特別感のあるものではない。

想像以上に喜んでもらえて、なんだか申し訳ない気持ちになる。

「詩織が俺のためにチョコを用意してくれた。それだけで十分嬉しいんだよ。しかも来年の約束までしてくれた」

綾仁の声に、心からの喜びが滲《にじ》み出ている。

詩織は綾仁の手に自分の手を重ねて「当たり前じゃないですか」と、応《こた》えた。

「私たちは、来年も再来年も……ていうか、これからもずっと一緒に生きていくんですから！」

その言葉に、綾仁が深く息を吐き、手に力を込める。

「そうだね。じゃあ、二人でゆっくりこれからの話をしようか」

「これから？　……キャッ」

問いかけながら振り返ろうとした詩織の肩を、綾仁が引く。

予期せぬ衝撃に耐えられず、詩織がバランスを崩す。素早く体を屈《かが》めた綾仁は、片腕でその背中を受け止めると共に、もう一方の腕を詩織の膝裏に回して抱き上げる。

「あ、あの綾仁さん」

「どのタイミングで籍を入れるか、子供はどうするか、結婚後の働き方……その前に、夏瀬社長に結婚のお許しをもらう必要があるな」

そんな言葉を並べながら、綾仁は詩織をバスルームに連れ込んで、広々とした洗面台に座らせた。

そして、楽しそうに服を脱がしていく。

「あ、あの綾仁さん、突然すぎませんか？」

詩織はボタンを外す綾仁の手を押さえて聞く。

「なにが？　詩織は俺とのそういった未来を望んでいない？」

露《あら》わになる詩織の胸元にキスをしながら、綾仁が上目遣いに見つめて言葉を足す。

「それに俺は、凛々《りり》しく美しい女性に育った元許嫁《いいなずけ》様に今すぐ触れたい」

男の色気を漂《ただよ》わせるその眼差しが、詩織の欲望を掻き立てる。

「ズルい」

詩織だって、綾仁との未来を望んでいる。

だが、愛する人にこんな情熱的な眼差しを向けられては、話どころではないではないか。

「ごめん。でも、俺をズルくさせているのは詩織だ」

確信犯の笑みを浮かべて、詩織に唇を重ねた。そのまま、肩を撫でてブラウスを脱がしていく。

「……ッ……ぅ」

互いの舌を絡め合う濃厚な口付けに体を支えていられず、詩織は綾仁の背中に腕を回した。

綾仁は詩織の背中に手を回し、ブラジャーのホックを外す。

「俺は、一日でも早く籍を入れたい。子供も、急がないけど欲しい」

自分の希望を口にしながら、舌で詩織の首筋を撫でる。

「私も……同じですッ」

ねっとりとした舌の動きに、腰をくねらせながら詩織が頷く。

その反応が気に入ったのか、綾仁は詩織の首筋を執拗《しつよう》に舌で刺激しながらスカートのホックを外し、ファスナーを下ろした。

最初こそ抵抗していた詩織も、本音では彼を求めているのだ。

軽く腰を浮かしたりして、彼が自分の服を脱がしやすいように協力する。

詩織からもキスを求めて、綾仁の服に手を掛け肌の温もりを求める。

そうやって互いに服を脱がせ合い、もつれ合うようにして浴室に入った。すぐに綾仁がシャワーのコックを回す。

全館空調が効いているため、裸で浴室に入っても肌寒さを覚えるようなことはない。

海外メーカーのシャワーは、高い位置にシャワーヘッドがあり、ミストのような細かい湯が頭から二人を濡らしていく。

「詩織」

名前を呼びながら綾仁は詩織の手を、自分の下肢へと誘《いざな》う。

「……っ」

手に触れた彼のものは、すでにいつでも挿入できるくらいに昂《たかぶ》っているのがわかった。

チラリと視線を向けると、赤黒く血管を浮き上がらせた屹立《きつりつ》は、シャワーの湯に濡れて隆々《りゅうりゅう》とそびえ立っている。

この後、これに貫かれる自分を想像して、詩織の下腹部に甘い疼《うず》きが走った。

求められるまま、詩織は綾仁のそれを握り、優しく包み込むように上下に手を動かす。

「……ッ」

詩織の動きに反応して、綾仁のものが手の中で跳ねた。その反応に気をよくして、詩織は片方の腕を綾仁の首に回して体を密着させて、もう一方の手で彼のものを刺激し続ける。

詩織の中に収まっている時は、凶暴なまでの存在感を放つそれが、今は自分の手の中に収まっている。そんなことを思いながら、詩織はリズミカルに手を動かした。

「詩織、あまり煽《あお》るとこの後の責任が持てなくなるぞ」

しばし詩織から与えられる刺激に身を任せていた綾仁が、詩織の手を取りその指先を口に含んだ。

髪から水を滴《したた》らせて上目遣いにこちらを見つめてくる綾仁は、いつも以上に男の色気に溢れ、詩織を魅了する。

「悪い子だ」

見惚れる詩織を悪戯《いたずら》っぽい口調で窘《たしな》めた綾仁は、詩織の体の向きを反転させ、背中から抱きしめてきた。

「あっ」

体の向きを変えるなり、大きな手で胸を愛撫《あいぶ》されて、詩織は甘い声を漏らした。

「詩織のその声は、なにより俺を酔わせるよ」

そんなことを囁《ささや》きながら、綾仁は器用に片手でボディーソープをプッシュして手のひらに取ると、詩織の体に擦りつけていく。

「やぁっ……くすぐったい……」

直接肌でボディーソープを泡立てる手の動きが艶《なま》めかしい。

詩織は綾仁の手を押さえて身を捩《よじ》る。

綾仁は、詩織のその反応を狙っていたのだろう。満足そうな息を漏らして、さらに詩織の欲望を引き出そうと手を動かす。

「どこから洗ってほしい?」

散々肌を撫でた後で綾仁が聞く。

その間も彼の手は、詩織の胸を強弱をつけて揉みしだいている。

胸の形が変わるほど強く乳房を掴まれても、スルリと指が滑り、詩織の胸から離れていく。離れる瞬間、指と指の間に挟まれた乳首が引っ張られて、ジンとした痺《しび》れと共に硬くしこる。

その動作を繰り返されると、詩織の体から抵抗する力が抜けていく。

「綾仁さん、そんな急に色々触らないでっ」

綾仁に腰を支えられているので、崩れ落ちることはないけれど、それでも足に力が入らなくて立っているのが辛い。

詩織は左右の手でそれぞれ、シャワーフックと据え付けの棚を掴んで体を支えた。自然と姿勢が前屈《かが》みになる。

綾仁は詩織の背中に覆い被さるようにして体を重ね、胸への愛撫《あいぶ》を継続しつつ、腰を支えていた手を、脚の付け根に移動させた。

「あぁんっ」

敏感な場所に与えられた不意打ちの刺激に、詩織は甘い嬌声《きょうせい》を上げた。

「ごめん。ここも綺麗にしてあげた方がいいと思って」

謝る綾仁の声は、確信犯の色を帯びている。

その証拠に、彼はそのまま指を動かし、詩織の情欲を引き出していく。

「綾仁さん……駄目っ、やぁっ……」

無防備な姿勢のまま、詩織が喘《あえ》ぐ。

「詩織、いつからこんなに濡らしてた？　詩織のここ、すごくヌルヌルしてるぞ」

からかうように耳元で囁《ささや》きながら、綾仁はより淫《みだ》らに指を動かす。

ボディーソープで滑りやすくなっている指は、愛液に濡れる花弁を押し広げ、すんなり膣の奥へと沈んでいく。

「あぁあっ」

すぐに指を二本に増やされた感触に、詩織は体をわななかせた。

「感じる？」

背中から覆い被さる綾仁は、詩織の首筋に唇を這《は》わせながら尋ねる。

その返事を待つ間も、彼の指は孤を描くように動く。それが、詩織の神経を甘く痺《しび》れさせた。

「……………うはぁあっ…………っ…………ッ」

一方的に与えられる刺激に、堪《たま》らず詩織が背中を震わせる。

綾仁とは、まだ数えるほどしか肌を重ねていない。なのに、彼の指は、迷いなく詩織の弱い場所を探り当てていく。

より深く沈んでくる指の感覚に、詩織の膣がヒクヒクと痙攣《けいれん》して、腰がガクガクと震えてくる。

「あぁ……綾仁さん、これ以上は……」

「嘘つき」

弱々しい声で訴える詩織の言葉を、綾仁は欲情に掠れた声で否定する。

彼から与えられる快楽に溺《おぼ》れる詩織には、その言葉を否定できない。

そんな詩織の本音を見透かしたように、綾仁が薄く笑う。

「詩織のここが、俺を離したくないって言っている。ほら……ヒクヒクして俺の指に吸い付いてくる」

そう言って、綾仁はクチュクチュと淫靡《いんび》な水音を響かせながら詩織の柔肉を刺激していく。

「はぁぁぁっあっ……………っぁぁ…………んんぁっ」

二本の長い指で中を掻き回され、親指で肉芽を転がされる。

その容赦ない刺激に、詩織の瞼《まぶた》の裏でチカチカと白い光が瞬《またた》いた。

詩織の素直な反応に雄《おす》としての欲望が煽《あお》られるのか、綾仁の指の動きが激しさを増す。

彼の指の動きで詩織は否《いや》も応《おう》なく絶頂へと押し上げられていく。

「駄目ッ！」

悲鳴に近い声を上げて達した詩織は、脱力してその場に倒れ込みそうになった。

詩織の中に沈めていた指を抜き去った綾仁が、その体を支える。

たくましい綾仁の腕が肩と腰を支えてくれているので、体勢を崩すようなことはない。

でも密着したことで、臀部《でんぶ》に当たる彼の欲望の昂《たかぶ》りを、はっきりと意識させられる。

「詩織は、ベッドでするより、こういう場所の方が興奮するんだね」

「違うっ」

自分がすごく淫乱だと言われている気がして、詩織は慌てて否定する。

「嘘つきだな」

甘い声でからかって、綾仁は腰を支える腕の位置を少しずらして、再び詩織の弱い場所を刺激する。

挿入することなく、泡で滑る指で肉芽を転がすだけの刺激は、先ほどまでの愛撫《あいぶ》に比べれば優しいものだ。だけど一度絶頂を極めた体には、一番敏感な場所に与えられるその刺激がどうしようもなく悩ましく感じる。

自然と詩織の姿勢が崩れて、意図せず彼に臀部《でんぶ》を突き出すような姿勢になる。

「あぁぁぁ……ぁぁっやぁ…………ぁっ。当たるの」

綾仁が少し角度を変えれば、簡単に挿入できそうな位置に彼の昂《たかぶ》りを感じて詩織は声を漏らした。

綾仁にもそれはわかっているのだろう。

詩織を煽《あお》るように、腰の角度を調整しながら詩織に淫《みだ》らな刺激を与えていく。

「もう駄目です……許して………っ」

与えられる刺激に、腰の震えが止まらない。詩織は身悶《みもだ》えながら、せつない声で訴える。

でも綾仁が許してくれる気配はなく、より淫《みだ》らに詩織の弱い場所を刺激していった。

その刺激に悶《もだ》える度に、彼のものが際どい場所を掠める。

「あぁっ、綾仁さん駄目っ！　入っちゃうっ」

いつ挿入されるかわからないという緊張により、いつも以上に体が敏感になっている気がした。

焦った声で訴える詩織に、綾仁は平然と答える。

「なにか困ることはある？」

そんなふうに言われると、返す言葉に詰まる。

綾仁とこの先の人生を共に歩んでいく決心はとっくにできているし、子供だっていつかは欲しいと思っているだけに、このまま欲望に身を任せたくなる。

湯気が立ち込めるバスルームに、詩織のせつない吐息が漏れる。

その息遣いを愛おしむように、綾仁が愛撫《あいぶ》の手を止めて詩織を優しく抱きしめて言う。

「ごめん、虐《いじ》めすぎたな。子供のことは、もっとちゃんと話し合って決めよう」

詩織が一瞬でも、このまま彼を受け入れようとしただけで満足だと、綾仁の喜びが伝わってくる声だ。

「ありがとう」

そう言って、綾仁が腕の力を緩めた。

自分一人の力では立っていられない詩織は、綾仁の腕の動きに合わせてゆっくりと床に崩れ落ちる。

「詩織」

綾仁が床にへたりと座り込む詩織の名前を呼ぶ。

体を捻《ひね》って彼に視線を向けると、自然と欲望を滾《たぎ》らせた彼のものが視界に入る。

それを見ているうちに、自分ばかりが快楽を享受して、綾仁はまだ一度もイっていないことに気付く。

「綾仁さん」

詩織は恥じらいつつも、綾仁のものに手を添える。

「――――ぅっ」

詩織の手が触れるのに反応して、綾仁のものがドクリと脈打つ。

生々しいその反応に緊張しつつ、詩織は彼のものを両手で包み込んでそっと扱《しご》き始める。

綾仁のものは、ボディーソープの泡や詩織の愛液でぬるついていて、それを利用して詩織は手を動かした。

「くッ」

詩織の手の動きに、綾仁が熱い息を吐く。

以前の彼の反応を思い出しそっと包んだ手を前後にスライドさせると、その動きに反応して綾仁が眉を寄せた。

快楽を与えられる側から与える側に転じたことに妙な興奮を覚える。

詩織の手の動きに合わせて、綾仁のものがピクピクと跳ねる。

それに喜びを感じながら手を動かしていると、詩織の好きにさせていた綾仁が体についた泡をシャワーで洗い流しバスタブの端に腰掛けた。

大きく股を広げた姿勢で腰掛ける綾仁を、詩織が見上げると、彼が詩織の唇を指で撫でながら問いかけてくる。

「嫌?」

詩織の唇を指でなぞる綾仁は、以前は途中でやめてしまった口での行為を、視線でねだってくる。

言葉がなくても、それくらいわかる。

詩織も彼にもっと自分を感じてほしい。

「……いえ」

そう言って、詩織は濡れて顔に纏《まと》わりつく髪を耳に掛けて、彼のものへと顔を寄せる。

その距離で彼を見上げると、詩織の動きを見守る綾仁と目が合った。

――綾仁さんが、私を求めてる。

その喜びで、胸が熱くなった。

覚悟を決めた詩織は、舌を出して彼のものを舐《な》めた。

「んっ……」

微かに汁を浮かべる亀頭の先端を舐《な》めると、口の中に苦みを感じた。

手の中で、綾仁のものがピクリと跳ねる。

詩織の舌に素直に反応するそれは綾仁の体の一部なのに、彼とは別の生き物のように感じる。

柔らかく伸びのある包皮をそっと撫でながら、先端を口に含むと、綾仁の体がビクッと跳ねた。

その反応に喜びを覚える。

「くぅっ……んっ……」

綾仁のものを口に含み、頭を動かす。そうやって、詩織は唇と舌で彼のものを擦った。

そして、その動きを繰り返しながら、雁首《かりくび》に舌を絡めたり先端の割れ目を刺激したりすると、綾仁の呼吸が速くなり熱い息を吐く。

彼の反応が気になり、上目遣いに見上げると、恍惚《こうこつ》と詩織を見つめる彼と目が合った。

「気持ちいいよ」

褒《ほ》めるように綾仁が、詩織の髪をクシャリと撫でる。

それに気をよくした詩織は、必死に口を動かし綾仁の欲望を高めていく。

唾液を潤滑油《じゅんかつゆ》にし、舌と唇で彼のものを扱《しご》く。

「クッ！」

艶《なま》めかしい水音をバスルームに響かせていると、綾仁の手が詩織の髪を指に絡めて、苦しげな息を吐く。

詩織は、彼の限界が近いのを感じ取りながら、懸命に彼の欲望を愛撫《あいぶ》する。

口の中で彼のものが大きく跳ねたと思った次の瞬間、綾仁の欲望が詩織の口内で爆《は》ぜた。

塩気を含んだ綾仁の味に小さくむせる。

「ごめんっ」

思わずといった感じで詩織が顔を逸らすと、慌てたように床に膝をついた綾仁が背中を摩《さす》ってくれた。

そして詩織に口をすすぐように勧めてくれる。

それに従って口をすすいだ詩織は、顔を上げて綾仁を見た。

「私のこと、感じてくれました？」

不慣れな行為で、彼を満足させられたのか自信が持てない。

そんな不安から思わず詩織が質問すると、綾仁がその体を抱きしめた。

「ああ感じた。俺はどうしようもないくらい、君に溺《おぼ》れているよ」

「それは私の台詞《せりふ》です」

詩織の言葉に、綾仁が小さく笑う。

「じゃあ、お互い離れられないな」

その言葉に、詩織も小さく笑うと、綾仁が抱きしめる腕の力を弱めた。

そしてお互いの視線が重なると、どちらからともなく口付けを交わした。

◇　◇　◇

シャワーを浴びた後ベッドでもたくさん愛し合い、心地よい疲労感に身を任せていた綾仁は、自分の腕の中で目を瞑《つむ》る詩織の様子を窺う。

数ヶ月前まで結婚など面倒だと思っていた自分が信じられないほど、腕の中にいる彼女に充足感を覚えているから不思議だ。

一人でいる方が気楽だと考えていた頃の自分は、もうどこにもいない。

これまでの価値観を捨てられるほどの相手に出会えた幸福を噛みしめるように、彼女の髪に口付けると、詩織が小さく身じろぎする。

こちらの胸を押して顔を上げ、眠たげな眼差しを向けてきた。

額に掛かる前髪を指で払って、今度は額に口付ける。

「詩織、愛している」

自分の素直な想いを口にすると、詩織はふにゃりと笑い、再び胸に顔を埋《うず》めてきた。

綾仁は彼女の背中に腕を回し、そっと抱きしめる。

しばらくして多少覚醒したのか、再び顔を上げた詩織はしっかりとした眼差しをしていた。

「言い忘れてましたけど、私の企画が採用になったんです」

そういえば、愛し合うのに忙しくて、企画会議の結果を聞きそびれていた。

しかし、愛を囁《ささや》いた返しがそれかと、内心ため息をつきたくなる。

だけど、とても詩織らしい。

「おめでとう」

綾仁が祝福の言葉を口にすると、詩織は嬉しそうに目を細める。

「私の企画が通ったの、綾仁さんのおばあさまのおかげなんです」

「え？　ばあさまの？」

そう声を上げてから、先日の会話を思い出す。

「この前、『素敵なヒントをもらった』と言っていたが、そのことか？」

詩織は嬉しそうに頷き、先日のやり取りについて話してくれた。

「先週、綾仁さんの実家に遊びに行った時に、おばあさまが私の発明したお菓子を食べるのを楽しみにしているって、言ってくれたんです……」

今回、詩織が考案したのは、最中《もなか》の皮の中にカラフルな干菓子《ひがし》を詰めた見栄えを意識したお菓子だったのだと言う。

最中《もなか》の皮を小さな箱に見立てたその案は、見た目にも可愛らしいので、社内審査の段階から評判は良かった。

その後、先輩たちのアドバイスを受けつつ味の改良をしていたのだけど、詩織の中ではまだ解消しきれていない課題があったのだとか。

「そのお店、最中《もなか》の皮を自家製造しているんです。せっかくこだわって作っている皮を、ただの容器みたいな扱いにすることに迷いがあったんです」

そんな中、花恵に詩織の考えたお菓子を食べたいと言われて、薬で口の中が渇きやすい彼女には食べにくいお菓子であることに気が付いた。

詩織のお菓子を食べるのを目標に体調を整えると言ってくれた彼女の言葉が切っ掛けで、和菓子を食べる機会の多い高齢者のために、もう一工夫必要だと思い付いた。そうしてギリギリまで粘って企画に改良を加えた。

それでカラフルな干菓子《ひがし》を詰めた最中《もなか》と、和風ペーストのジャムをセットにして売ってはどうかと提案したのだ。

色彩豊かな干菓子《ひがし》を楽しんだ後、最中《もなか》の皮にジャムをディップのようにつけて食べれば、お菓子として最後まで楽しめるし、口が渇きやすい高齢者も食べやすくなる。

販売するのは夏休みの時期になるので、ジャムの味にバリエーションを持たせると、お盆などで集まった家族の話題作りにも一役買えるのではないかと考えた。

その発想が、クライアントに受け入れられたのだという。

「だから企画が通ったのは、綾仁さんのおばあさまのおかげなんです」

詩織はそう言うけど、そんなことはない。

企画が採用となったのは、一人でも多くの人に喜んでもらえるようにと、彼女が最後まで諦めずに試行錯誤した結果だ。

詩織の頑張りを一番近くで見てきた綾仁には、それがわかる。

「綾仁さんや綾仁さんのおばあさまがいてくれたから、私の企画が受け入れられたんです。家族が増えると、見える世界も広がっていくんですね」

詩織は照れくさそうに言う。

自分と彼女はまだ籍を入れていない。それなのに詩織は、もう綾仁や祖母のことを家族と呼んでくれる。

そのことが嬉しくて仕方ない。

「確かにそのとおりだ。詩織のおかげで俺の世界もどんどん広がっている」

詩織はいつでも迷いのない眼差しで、未来を見据えて生きている。

そんな彼女に刺激され、綾仁の価値観もずいぶんと変化した。

これからも詩織から刺激を受けながら自分を成長させると共に、一番近くで彼女を支えていきたいと思う。

もちろん、自分がいなくても、自立心旺盛《おうせい》な詩織は一人で生きていくだけの強さを持っている。

それでも自分が、一番に彼女を支えられる存在でありたいのだ。

「どうか、一生俺の家族でいてくれ」

綾仁はそう言って詩織の髪をクシャリと撫でる。

「もちろんです」

そう笑顔で答える彼女の存在を確かめるように、丁寧に髪を撫でる指を動かしていると、詩織はくすぐったそうに首をすくめる。

そして詩織も綾仁の頭に手を伸ばし、指で髪に触れた。

お互いに相手の髪を撫でていた指が頬へと移動していく。

「愛している」

「私も愛しています」

優しい手つきで頬を包み、二人は唇を重ねた。

エピローグ　家族への道

六月、純白のウェディングドレスに身を包んだ詩織は、不意に湖から吹いた風に慌ててベールを押さえた。

「きゃっ」

「大丈夫か？」

隣に立つ綾仁が、ベールの乱れを整えてくれる。

「ありがとうございます」

そう言って、詩織は綾仁を見上げた。

綾仁がじっと動きを止めて、まっすぐ自分を見つめてくる。

「どうかしましたか？」

「いや。自分の妻の美しさに見惚れていた」

綾仁は臆面《おくめん》もなくそんなことを言う。口にするのは恥ずかしいけど、詩織も全く同じ気持ちでいた。

今日の彼は、光沢のあるグレーのタキシードを着ている。

最初に見かけた時から、存在感のあるイケメンだと思っていたけど、こういう格好をするとその魅力が一段と増す。

綾仁のように想いを素直に伝えられない詩織は、視線を湖に向けた。

小高い丘に建てられたホテルの庭にいる二人は、黄昏時《たそがれどき》の空の色を反射させ黄金色《こがねいろ》に輝く湖を見下ろす形になる。

「晴れて良かったですね。予定どおり、ガーデンテラスで披露宴《ひろうえん》ができます」

詩織たちは今、両家の家族と一緒にハワイに来ている。

先ほど、自然豊かな湖畔《こはん》の教会で式を挙げて、今から家族と一緒にガーデンテラスで身内だけの披露宴《ひろうえん》を始める予定だ。

バレンタインデーの翌日、詩織と一緒に夏瀬家を訪問した綾仁は、改めて貴彦に二人で決めた今後のライフプランについて報告した。

その結果、貴彦が二人の強い結婚の意思を受け入れて、今日のこの運びになったのだ。

お互いの家が会社経営をしているため、国内で式を挙げる場合、大きな式場を押さえるだけでも一苦労だ。

花恵が元気なうちに式を挙げたいという思いから、それならいっそのこと身内だけの海外ウェディングにしようということになった。

花恵自身は体調も安定していて、ひ孫を抱く日を楽しみに治療を頑張っている。

「俺と結婚してくれてありがとう」

詩織の隣で湖を眺める綾仁が言う。

見上げると、彼は照れくさそうに笑った。その笑顔に、愛おしさが込み上げてくる。

最初は、お互い形だけの契約夫婦になるつもりでいた。

だけど一緒に暮らして、いつしかお互いに惹《ひ》かれ合い、本当の意味で夫婦になりたいと思うようになった。

「私こそ。私を選んでくれてありがとうございます」

詩織の言葉に、綾仁は蕩《とろ》けそうな微笑みを浮かべる。

「俺たちの出会いは、本当に運命だったのかもな」

綾仁はそう言って、詩織の頬に手を触れる。

彼の動きに合わせてそっと瞼《まぶた》を伏せると、唇が重ねられた。

お互いの気持ちを確かめ合い、幾度となく唇を重ねてきた。それでも結婚式の日に交わす口付けに、特別な思いが胸に湧く。

「きっとこの先、何千回も同じことを言うと思うけど、詩織、君を世界で一番愛している」

「それは、私の台詞《せりふ》です」

相手も自分と同じ気持ちでいてくれることが嬉しくて、再び唇を触れ合わせる。

短い口付けを交わして見つめ合う二人に、側に控えていたホテルスタッフが移動を促《うなが》す。

二人が手を繋いで歩いていくと、見晴らしのいい東屋《あずまや》にセットされたテーブルに着席していた両家の家族が立ち上がり、拍手で迎えてくれる。

互いの家族が自分の家族になった喜びを噛みしめながら、二人一緒に歩き出した。

～大人のための恋愛小説レーベル～

ETERNITY
エタニティブックス

問答無用の極甘♥下克上ラブ！

隠れ御曹司の手加減なしの独占溺愛

エタニティブックス・赤

冬野《とうの》まゆ

装丁イラスト／アヒル森下

老舗ホテルのブライダル部門で、チーフとして働く二十七歳の香奈恵《かなえ》。ある日、仕事でピンチに陥った彼女は、一日だけ恋人のフリをするという条件で、有能な年上の部下・雅之《まさゆき》に助けてもらう。ところが一日だけのはずが、気付けば完全に外堀を埋められ結婚前提の恋人になっていて……。恋に不慣れな不器用ＯＬと、本性を露わにしたハイスペック御曹司の問答無用な下克上ラブ！

※エタニティブックスは大人の女性のための恋愛小説レーベルです。ロゴマークの色で性描写の有無を判断することができます（赤・一定以上の性描写あり、ロゼ・性描写あり、白・性描写なし）。

詳しくは公式サイトにてご確認ください。
https://eternity.alphapolis.co.jp/

愛され乱される、オトナの恋。溺愛主義の恋愛レーベル

Eternity BOOKS

装丁イラスト／spike

一晩だけの禁断の恋のはずが憧れの御曹司に溺愛されてます

冬野まゆ

建築設計事務所で働く二十七歳の莉子は、憧れの建築家・加賀と出会い、愛妻家の噂を承知で「一晩だけ」彼と過ごすが——翌日から、まさかの猛アプローチ!? ワケアリ御曹司に甘く攻め落とされる極上ラブ！

装丁イラスト／御子柴トミィ

契約妻ですが極甘御曹司の執愛に溺れそうです

冬野まゆ

家業を救うための最悪の縁談から助けてくれた大企業の御曹司・涼弥と、援助を引き換えに契約結婚をした千春。たとえ愛されなくても彼の良き妻になろうと決意するが……新婚生活は溺愛の日々で!?

詳しくは公式サイトにてご確認ください。
https://eternity.alphapolis.co.jp/

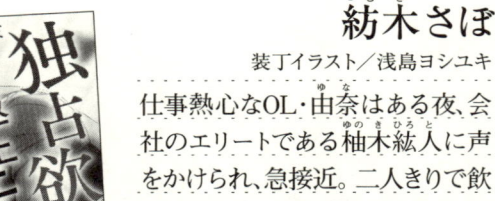

この作品に対する皆様のご意見・ご感想をお待ちしております。

おハガキ・お手紙は以下の宛先にお送りください。

【宛先】

〒150-6019 東京都渋谷区恵比寿4-20-3 恵比寿ｶﾞｰﾃﾞﾝﾌﾟﾚｲｽﾀﾜｰ 19F
（株）アルファポリス　書籍感想係

メールフォームでのご意見・ご感想は右のＱＲコードから、
あるいは以下のワードで検索をかけてください。

アルファポリス　書籍の感想　検索

ご感想はこちらから

愛《あい》のない契約結婚《けいやくけっこん》のはずが イケメン御曹司《おんぞうし》の溺愛《できあい》が止《と》まりません

冬野まゆ（とうの まゆ）

2025年 1月 31日初版発行

編集－本山由美・大木 瞳
編集長－倉持真理
発行者－梶本雄介
発行所－株式会社アルファポリス
〒150-6019 東京都渋谷区恵比寿4-20-3 恵比寿ｶﾞｰﾃﾞﾝﾌﾟﾚｲｽﾀﾜｰ19F
TEL 03-6277-1601（営業） 03-6277-1602（編集）
URL https://www.alphapolis.co.jp/
発売元－株式会社星雲社（共同出版社・流通責任出版社）
〒112-0005 東京都文京区水道1-3-30
TEL 03-3868-3275
装丁イラスト－みよしあやと
装丁デザイン－AFTERGLOW
（レーベルフォーマットデザイン－hive&co.,ltd.）
印刷－中央精版印刷株式会社

価格はカバーに表示されてあります。

落丁乱丁の場合はアルファポリスまでご連絡ください。

送料は小社負担でお取り替えします。


ISBN978-4-434-34991-1 C0093